Olivier Rolin est né en 1947. Après une période d'engagement politique de 1967 à 1974, il se consacre à l'écriture, avec un premier roman publié en 1983, *Phénomène futur*. Une quinzaine d'autres livres constituent son œuvre à ce jour, dont le très remarqué *L'Invention du monde* (1993), mais aussi *Port-Soudan* (1994, prix Femina), *Tigre en papier* (2002, prix France Culture) ou encore *Le Météorologue* (2014, prix du Style). Il est également l'auteur de récits de voyage et a fait de nombreux reportages pour plusieurs grands titres de la presse nationale. Le Grand Prix de littérature Paul-Morand lui a été décerné par l'Académie française en 2010.

Olivier Rolin

LE MÉTÉOROLOGUE

Éditions du Seuil

TEXTE INTÉGRAL

ISBN 978-2-7578-5506-5
(ISBN 978-2-02-116888-4, 1ʳᵉ publication)

© Memorial / Éditions Paulsen, pour l'iconographie du cahier hors-texte

© Éditions du Seuil / Éditions Paulsen, 2014

Le Code de la propriété intellectuelle interdit les copies ou reproductions destinées à une utilisation collective. Toute représentation ou reproduction intégrale ou partielle faite par quelque procédé que ce soit, sans le consentement de l'auteur ou de ses ayants cause, est illicite et constitue une contrefaçon sanctionnée par les articles L. 335-2 et suivants du Code de la propriété intellectuelle.

Pour Masha

Je pensais, je lisais
Dans la Bible des vents.

> Sergueï Essénine,
> *L'Homme noir*

I

1

Son domaine, c'était les nuages. Les longues plumes de glace des cirrus, les tours bourgeonnantes des cumulonimbus, les nippes déchiquetées des stratus, les stratocumulus qui rident le ciel comme les vaguelettes de la marée le sable des plages, les altostratus qui font des voilettes au soleil, toutes les grandes formes à la dérive ourlées de lumière, les géants cotonneux d'où tombent pluie et neige et foudre. Ce n'était pas une tête en l'air, pourtant – du moins, je ne crois pas. Rien, dans ce que je sais de lui, ne le désigne comme un fantaisiste. Il représentait l'URSS à la Commission internationale sur les nuages, il participait à des congrès pansoviétiques sur la formation des brouillards, il avait créé en 1930 le Bureau du temps, mais ces appellations poétiques ne le faisaient pas rêver, il prenait tout ça sérieusement, comme un scientifique qui fait son métier de scientifique au service, bien sûr, de la construction du socialisme, ce n'était pas un professeur Nimbus. Les nuées n'étaient pas prétexte à songerie, rien de vaporeux chez lui, je le soupçonne même d'une certaine raideur. Devenu en 1929 le premier directeur du Service hydro-météorologique de l'URSS, il avait entrepris d'établir un cadastre des eaux, un cadastre des vents et un autre du soleil. Il ne voyait sans doute rien de pittoresque là-dedans, aucune invitation à l'imaginaire dans ces projets de cartographier l'insaisissable, c'était le concret qui l'intéressait, des réalités mesurables, les rencontres des grandes masses d'air, l'étiage des fleuves, l'embâcle et la débâcle, la marche des pluies, l'influence de ces phénomènes sur l'agriculture et la vie des citoyens soviétiques. Le socialisme s'édifiait dans le ciel aussi.

Il était né en 1881 à Krapivno, un village d'Ukraine...

2

Mais avant de commencer à raconter la vie et la mort de cet homme qui se destinait à l'observation paisible de la Nature et que la fureur de l'Histoire brisera, je dirai quelques mots des circonstances dans lesquelles j'ai croisé son chemin, bien après sa disparition (on verra que le mot, dans son cas, prend tout son sens). Les histoires ne tombent pas du ciel ni des nuées, il n'est pas mauvais me semble-t-il qu'elles présentent leurs lettres de créance. En 2010, j'avais été invité à parler à l'université d'Arkhangelsk. J'y avais été reçu avec cette chaleur qui caractérise, à côté de beaucoup d'indifférence et même de brutalité, la vie russe. On avait déployé une banderole de bienvenue et sorti des photos d'un voyage précédent (j'ai mes habitudes, là-bas) qui n'avaient pour inconvénient que de rendre visible le temps qui avait passé, mais c'était gentil tout de même. On m'avait accueilli, peut-être pas comme un président, mais, disons, comme un sous-préfet. J'aime Arkhangelsk à cause de son nom de ville de l'Archange, à cause du large estuaire qui la borde, qu'on traverse en hiver sur un chemin de planches posé sur la glace et festonné, la nuit, de pâles lumières, à cause des maisons de bois qu'on voyait encore en assez grand nombre lors de mes premières venues (peu, depuis, ont résisté aux affairistes immobiliers), et parce qu'il me semble que les filles y sont particulièrement belles (j'ai le souvenir de rolleuses aux jambes nues et bronzées glissant cheveux au vent, escortées de libellules, sur la digue le long de la Dvina, un mois de mai : ce sont mes proustiennes jeunes filles à bicyclette…). Il me semble que Cendrars parle quelque part des cloches d'or (ou des clochers d'or ?) d'Arkhangelsk, mais je n'ai retrouvé ça nulle part. Peu importe, les écrivains ne sont pas seulement ce qu'ils ont écrit, mais ce que nous croyons qu'ils ont écrit.

J'avais pris ensuite le petit avion (un Antonov-24, pour être précis) qui, deux fois par semaine, joint Arkhangelsk aux îles Solovki, un archipel au milieu de la mer Blanche. Quand la mer est gelée, et c'est six mois par an, il n'y a pas d'autre moyen de s'y rendre. Mon voisin dans l'avion était un jeune pope qui ressemblait à Georges Perec (je ne suis pas sûr que la comparaison aurait plu à Perec, ni au pope, s'il avait su qui était Perec : mais le fait est qu'il lui ressemblait). Le saint homme était muni d'un e-book qui me semblait alors le comble d'une modernité à quoi je n'avais pas encore atteint, et que je trouvais incongrue chez un religieux, russe de surcroît. L'objet high-tech était couvert d'un portefeuille de cuir orné d'une icône de la Vierge à laquelle il prodiguait force baisers. Je lorgnais en douce ce qu'il lisait sur son écran, espérant que c'était un roman érotique, mais je dois reconnaître que ce n'était pas le cas.

C'était la beauté du lieu, tel que je l'avais découvert sur des photographies, qui m'avait poussé à entreprendre ce voyage. Et en effet, à peine sorti de la petite aérogare en planches badigeonnées de bleu, à la vue des murailles, des tours trapues et des clochers (d'or…) du monastère-forteresse allongé sur un isthme entre une baie et un lac emmitouflés de neige, j'avais compris que j'avais eu raison de venir là. La même beauté que le mont Saint-Michel, sauf que c'était tout le contraire : un monument monastique et militaire, et carcéral, au milieu de la mer – mais se déployant dans l'horizontale, quand le mont s'élance à la verticale. Et puis, ici, pas de foule, pas de pacotille touristique. J'avais passé quelques jours à marcher sur les chemins de l'île, au milieu d'un paysage blanc et noir de lacs gelés et de forêts de conifères que le couchant ensanglantait longuement. J'avais trouvé asile dans un minuscule hôtel nommé *Priout*, « L'Abri ». Katia, la patronne, était une personne charmante, extrêmement rieuse (ce qui, je dois l'admettre en dépit d'une russophilie que certains amis feignent de me reprocher, n'est pas si fréquent là-bas), mignonne (je crois que conviendrait dans son cas l'épithète un peu désuète de « gironde »), poussant l'amabilité jusqu'à prétendre que je m'exprimais très bien dans sa langue. De ma chambre je voyais le soir les murailles et les bulbes écailleux flamber sur la glace. Je ne me doutais pas que les premiers germes d'un livre étaient en train de se déposer en moi – mais c'est toujours ainsi, la chose se fait en douce.

Le monastère, fondé au quinzième siècle par de saints ermites, était un des plus anciens de Russie. Chaque époque a son génie, et à partir de 1923 il avait abrité (si le mot convient…) le premier camp de ce qui allait devenir la Direction centrale des camps, *Glavnoïe Oupravlénié Laguéreï*, tristement célèbre par son acronyme : GOULAG. Je me mis à lire, à mon retour, tous les livres que je trouvais sur cette histoire. C'est ainsi que j'appris qu'il avait existé dans le camp une bibliothèque de trente mille volumes, formée directement ou indirectement par les livres des déportés qui étaient pour beaucoup d'entre eux des nobles ou des intellectuels – des ci-devant ou des *bitchs*, qui n'étaient pas des putes anglaises, mais des *byvchi intelliguentny tcheloviek*, des ex-intellectuels, dans la langue de la police politique. De fil en aiguille naquit l'idée de faire un film, et c'est pour les repérages que je revins aux Solovki, en avril 2012.

Antonina Sotchina, une des mémoires de l'île, m'y reçut. C'était une vieille dame charmante, aux cheveux blond-roux, aux yeux bleus, vive, vêtue d'un jean et d'un pull roulé. Sa maison était pleine de livres et de plantes, elle faisait des confitures magnifiques avec ces baies dont tout Russe raffole, myrtilles, airelles, canneberges, et une autre dont je ne connais pas le nom français, si elle en a, une sorte de framboise orangée nommée *marochka*, poussant dans les zones marécageuses, et si bonne que Pouchkine, paraît-il, en demanda avant de mourir (les baies et les champignons sont une des bases de l'alimentation et même de l'imaginaire russes ; le nom générique pour désigner les baies, *iagoda*, est aussi, curieusement, le nom de famille du chef de la police politique, Guépéou puis NKVD, de 1934 à 1936 : Guenrikh Iagoda, qui jouera un certain rôle dans la suite de l'histoire). Parmi les livres que me montrait Antonina, il y avait, sous une couverture représentant des nuages, un album hors commerce édité par la fille d'un déporté à la mémoire de son père. Alexeï Féodossiévitch Vangengheim, le météorologue, avait été déporté aux Solovki en 1934. La moitié de l'album était constituée par des reproductions des lettres que du camp il envoyait à sa fille, Éléonora, qui n'avait pas quatre ans au moment de son arrestation. Il y avait des herbiers, des dessins d'un trait sûr, naïf et net, colorés au crayon ou à l'aquarelle. On y voyait une aurore boréale, des glaces marines, un renard noir, une poule, une pastèque, un samovar, un avion, des bateaux, un chat, une mouche, une bougie, des oiseaux… Herbiers et dessins étaient beaux, mais ils n'étaient pas composés seulement pour plaire à l'œil, ils avaient une fin éducative. À l'aide des plantes, le père apprenait à sa fille les rudiments de l'arithmétique et de la géométrie. Les lobes d'une feuille visualisaient les nombres élémentaires, sa forme la symétrie et la dissymétrie, une pomme de pin illustrait la spirale. Les dessins étaient des réponses à des devinettes.

Cette conversation à distance entre un père et sa toute jeune fille, qu'il ne reverrait jamais, cette volonté de contribuer de loin à son éducation, me semblèrent émouvantes. L'était aussi l'amour que la fille ne cessa jamais de porter à ce père qu'elle avait si peu connu, et dont témoignait le livre mémorial que je parcourais chez Antonina. C'était, disait-elle, un pianiste magnifique, elle se souvenait de l'avoir entendu jouer l'*Appassionata*, la *Sonate au clair de lune*, des *Impromptus* de Schubert. Il aimait Pouchkine et Lermontov. Jusqu'en 1956, année de sa réhabilitation *post mortem*, disait-elle, ma mère a attendu son retour. Lorsque je me conduisais mal, disait-elle encore, ma mère me disait que j'aurais honte lorsque mon père reviendrait, et me juger par ses yeux est devenu ma règle de vie. L'idée d'écrire l'histoire de cet homme, une victime parmi des millions d'autres de la folie stalinienne, commençait à s'éveiller en moi. La rencontre à Moscou, plus tard, de gens qui avaient connu Éléonora à l'autre bout de sa vie, fit le reste. Elle était devenue une paléontologue réputée. Je n'ai pas pu la rencontrer : elle était morte peu de temps auparavant, dans les circonstances que je dirai. Je regrette qu'elle n'ait pas vécu assez pour savoir que l'album qu'elle avait voué à la mémoire de son père avait eu pour conséquence imprévisible de susciter un autre livre, loin, dans un autre pays, une autre langue.

3

Il était né, donc, en 1881, à Krapivno, un village d'Ukraine dont le nom signifie « lieu où poussent des orties ». Il y a beaucoup d'orties et en conséquence beaucoup de Krapivno en Russie du Sud et en Ukraine (le nom apparaît dès la troisième ligne de *Cavalerie rouge* de Babel), le sien se trouve aux abords de la petite ville de Néjine (Nijyn en ukrainien), dont le lycée se flatte d'avoir eu Gogol pour élève. Son père, Féodossy Pétrovitch Vangengheim, était un *barine*, un petit noble, député au *zemstvo*, l'assemblée régionale octroyée par Alexandre II. Le nom fort peu russe de la famille indique une lointaine origine hollandaise, peut-être des charpentiers de marine venus construire la flotte de Pierre le Grand, puis récompensés par l'octroi de terres en Ukraine. Sur un portrait photographique, Féodossy Pétrovitch montre un visage avenant et même légèrement, ou possiblement, polisson, qu'encadrent des vagues de cheveux gris et un collier de barbe broussailleux. Je l'imagine comme un personnage de Tchékhov, idéaliste, discoureur, plein d'idées fumeuses de progrès social, coureur de jupons, joueur de cartes, faible. Il se piquait d'agronomie et cultivait un champ expérimental dans le patelin d'Ouyoutnoïe, sur la voie ferrée qui venant de Moscou et Kiev mène à Voronej. Les soirs d'été, à Ouyoutnoïe, après avoir visité les cassis, les groseilliers, les framboisiers, regardé le soleil rougeoyer au bout des seigles en compagnie de dames aux pâles robes froufroutantes, on discute sous la véranda, entre cigare et cognac, avec le médecin et le juge d'instruction, on parle d'éducation du peuple, on critique l'autoritarisme du tsar. Une des filles, assise au piano, joue une petite pièce de Schubert, ou peut-être de Chopin. Pure supposition. Des filles, cela en revanche est avéré, il en eut quatre de sa femme Maria Kouvchinnikova, et trois garçons, dont Alexeï, l'ami des nuages. Il n'était sûrement pas réactionnaire, en tout cas, puisque après la Révolution il refusa de suivre dans l'émigration un de ses fils, Nikolaï, et devint conseiller du Commissariat du peuple à la Terre. Et qu'il laissa tous ses enfants – même les filles ! – faire des études scientifiques.

Il me plairait de penser qu'Alexeï Féodossiévitch sentit naître en lui une curiosité pour les météores en regardant rouler les nuages au-dessus de la plaine infinie. Peintres et écrivains ont maintes fois décrit ce paysage de la campagne russe ou ukrainienne. Profondeur vertigineuse de l'espace, vastitude où tout semble immobile, silence que ne trouent que des cris d'oiseaux, cailles, coucous, huppes, corbeaux. Champs de blé ou de seigle, étendues d'herbes bleues piquées de fleurs jaunes d'absinthe, entre lesquels file un chemin creusé d'ornières. Bosquets de bouleaux et de peupliers graciles, les bulbes dorés d'une église brillant au loin, les toits d'un village, parfois l'éclat mince d'une rivière : c'est le paysage de « La steppe » (qui se déroule dans ces confins ukraino-russes), de « Dans son coin natal », de beaucoup de récits de Tchékhov, qui écrit dans ces années-là, le paysage de la poésie d'Essénine, de tableaux de Chichkine ou de Lévitan. Parfois, au fond d'une distance immense, la cheminée d'une locomotive rappelle qu'au sein de ce temps apparemment figé quelque chose de neuf est en train de se produire, qui est peut-être le progrès et qui est peut-être aussi une menace. Et surplombant tout ça, dans un ciel qu'exalte la vaste platitude de la terre, les nuages « irréguliers et merveilleux » que contemple rêveusement le jeune narrateur de *La Vie d'Arséniev* d'Ivan Bounine, les nuages menaçants que le paysagiste Savrasov peignit en 1881, l'année de la naissance d'Alexeï Féodossiévitch, chamarrant de grandes ombres les champs lumineux.

Ces paysages dévorés de vide, on les voit aussi sur certaines des photographies en couleurs que prend, au début du vingtième siècle, un autre noble féru de science et de technique, Sergueï Prokoudine-Gorsky, qui parcourt l'Empire, des forêts de Carélie à l'Asie centrale, afin d'en réaliser des archives d'images – trois mille cinq cents plaques, dont un peu moins de deux mille ont été sauvées. Ce photographe-inventeur dont un autoportrait au bord d'une rivière de Géorgie nous montre le long visage triste sous un chapeau mou, barré de bésicles et de moustaches tombantes, il témoigne, comme Tchékhov, comme son ami Isaac Lévitan, comme Bounine, comme, à leur niveau, les Vangengheim père et fils, d'un temps où l'histoire russe semble pouvoir prendre un autre cours, plus paisible, plus éclairé que celui, sombre, terrible, qui va venir. Sur ses plaques, ce n'est pas seulement la vérité miraculeuse des couleurs qui frappe, mais cette impression, quand on les regarde, d'être littéralement aspiré vers la ligne où se rejoignent ciel et terre. Qu'y a-t-il là-bas, derrière ?

Rien, le bord du monde peut-être, ou alors la répétition infinie des mêmes choses. Des bois, des champs, des steppes, des chemins, des vols de corbeaux, des clochers minuscules sous les nuages. La Russie est une forêt, *liès*, et la Russie est une plaine, *polié*. Et la Russie est espace, *prostor*. Je ne sais pas grand-chose d'assuré ou de significatif sur la jeunesse de mon personnage, mais je suis certain que l'espace joue un rôle dans ses années de formation.

J'aimerais imaginer, donc, qu'Alexeï Féodossiévitch a songé un jour, allongé dans l'herbe comme l'Arséniev de Bounine : « Quelle bouleversante beauté ! Monter sur ce nuage et s'envoler, voguer dans ces hauteurs effrayantes, dans l'immensité des airs... » D'ailleurs, peut-être l'a-t-il songé. Mais je crois que la vérité est quand même plus simple, plus prosaïque : c'est son père qui lui communiqua sa vocation. Car, manifestant décidément un esprit curieux, Féodossy Pétrovitch tâtait aussi de la météorologie, ayant installé sur ses terres une petite station d'observation. C'est en famille qu'Alexeï s'initia à la connaissance de la terre et du ciel, participant avec son père à des congrès d'agronomes régionaux, étudiant l'anomalie magnétique de la région de Koursk, proposant une nouvelle méthode de calcul du nombre de plants par mètre carré (et là, on est plutôt dans *Bouvard et Pécuchet* que dans Tchékhov), relevant les courbes que les petits stylets des enregistreurs traçaient, à Ouyoutnoïe, sur des rouleaux de papier millimétré, pluviométrie, hygrométrie, pression barométrique, force et direction du vent. Il avait fini ses études secondaires au gymnase d'Orel, très bon ou excellent en tout, grec, latin, maths, catéchisme, français, il n'y avait curieusement qu'en géographie qu'il n'était que « satisfaisant ». Au tournant du siècle il était admis au département de mathématiques de la faculté de physique et mathématiques de l'université de Moscou, et s'en faisait presque aussitôt virer pour avoir participé à des troubles étudiants en 1901. En Russie on ne fait pas les choses à moitié, particulièrement les troubles, et le ministre de l'Instruction publique était assassiné par un étudiant SR (socialiste-révolutionnaire). Alexeï n'allait certes pas jusqu'à de telles extrémités, au doyen qui l'interrogeait il déclarait être en principe contre la violence, mais enfin il avait participé à des assemblées, à des votes, il le reconnaissait, et il était viré.

Puis c'est le service militaire, puis l'Institut polytechnique de Kiev et le diplôme (de première classe !) sur la vitesse des cyclones, puis l'Institut agricole de Moscou, il n'a pas encore choisi entre la terre et le ciel et écrit des articles comparant les mérites respectifs des engrais naturels et minéraux dans les fumaisons, on est de nouveau dans *Bouvard et Pécuchet*, puis il enseigne les mathématiques aux jeunes filles du gymnase de Dmitriev, une grosse bourgade au nord de Koursk, passons vite, on n'est pas chargé de faire son *curriculum vitae*, mais tout de même, à Dmitriev, il fait une chose importante, en 1906 : il se marie avec la maîtresse d'histoire et géographie, Ioulia Bolotova. Il en aura une fille, qui deviendra une psychiatre célèbre. Après cela, le Service hydro-météorologique de la Caspienne, à Pétrovsk, aujourd'hui Makhatchkala (il s'intéresse aux variations du niveau de cette mer fermée, problème qui avait assez intrigué Alexandre Dumas, au cours de son voyage dans le Caucase, pour lui faire imaginer l'hypothèse farfelue d'une sorte de clapet ouvrant et fermant des canalisations naturelles entre Caspienne et golfe Persique). Puis c'est la guerre, il est mobilisé comme chef du service météo de la VIIIᵉ armée, face aux Autrichiens en Galicie. Prévoir d'où vient le vent, si la pluie va tomber, c'est important pour les attaques aux gaz, et c'est ainsi qu'on faisait la guerre en ce temps-là, à l'Est comme à l'Ouest. Puis c'est la Révolution, il est de retour à Dmitriev, les fronts de la guerre civile vont et viennent, il n'est pas du côté des Blancs comme son frère Nikolaï, ils prennent la ville, il se planque chez un paysan, les Rouges la reprennent, il est inspecteur de l'éducation populaire, il fait des meetings d'agit-prop dans les villages, il arbore une mince barbiche à la Lénine, il porte des bottes, une vareuse sombre et une casquette, il est agronome en chef de l'*oblast*, il installe çà et là de petites stations météo dont les données serviront à améliorer les récoltes, mais il a souvent du mal à convaincre les moujiks que girouettes, anémomètres et autres tourniquets et coupelles ne sont pas des diableries responsables des sécheresses.

4

Dix ans ont passé, nous sommes maintenant au tout début des années trente, il a divorcé de sa première femme et s'est remarié avec Varvara Kourgouzova qu'il a connue à Dmitriev où elle était directrice de l'école numéro quarante. Il a vécu à Pétrograd, responsable des prévisions à long terme à l'Observatoire géophysique principal, il vit maintenant à Moscou, où il vient d'être nommé à la tête du tout nouveau Service hydro-météorologique unifié de l'URSS. Il est membre du Parti, c'est un bourgeois communiste, il siège dans une foule de comités et de sous-comités, de présidiums et conseils scientifiques, on s'y perd. Il connaît Gorki et Kroupskaïa, la veuve de Lénine, le commissaire du peuple à l'Éducation Lounatcharski et le grand savant et explorateur arctique Otto Iouliévitch Schmidt, qui n'en est encore qu'au début de sa gloire. Dans la *Grande Encyclopédie soviétique*, il figure juste avant Van Gogh. Il semble bien parti pour devenir membre de l'Académie des sciences, être décoré de l'ordre de Lénine, etc. Sur une photo de l'époque, on lui voit un visage plus plein que du temps de Dmitriev, il a rasé sa barbiche et ne garde plus qu'une petite moustache, il a les cheveux en vagues de son père, il porte une chemise blanche sous une veste sombre, une cravate en tricot et une épingle de cravate. Il a vraiment l'air d'un Monsieur, mais Lénine lui-même, le voyait-on aller débraillé ? C'était cravate et épingle, et gilet et chaîne de montre lui aussi, Vladimir Ilitch. C'est ainsi sapé, en costume trois-pièces de bronze ou de pierre, qu'il continue à haranguer des foules fantômes sur toutes les places de Russie, jusqu'à aujourd'hui.

Créer un service unifié d'hydrologie et de météorologie sur tout le territoire de l'URSS n'est pas une mince affaire, ledit territoire, comme le proclame la propagande soviétique – et pour une fois elle dit vrai –, couvrant « un sixième des terres émergées ». Continent immense, sauvage, semi-désert, presque sans routes, borné au nord par l'océan Arctique, courant de la Pologne à l'Alaska, voisinant le Japon, la Chine, la Mongolie, l'Afghanistan, l'Iran, la Turquie, froncé par les monts du Pamir, de l'Altaï, du Caucase, brûlant dans les steppes de l'Asie centrale, couvert de neige et de glace une bonne partie de l'année, rayé de grands fleuves, de la Volga à l'Amour… Vingt-deux millions et demi de kilomètres carrés… Onze fuseaux horaires, à l'époque (il n'y en a plus que neuf). La Russie, c'est « cette terre qui n'a pas fait les choses à demi, mais s'est étendue comme une tache d'huile sur la moitié du monde », dit (en exagérant quelque peu) le « pays » de Vangengheim, Nicolas Gogol. Par rapport à Ouyoutnoïe, ou même à la région de Dmitriev, l'échelle a changé… Aujourd'hui, à l'heure où j'écris, il fait moins trente-neuf à Yakoutsk, plus dix-sept à Sotchi, une profonde dépression de 968 millibars aborde le Kamtchatka, à des milliers de kilomètres de là une autre se creuse en mer de Barentz à l'ouest de la Nouvelle-Zemble, tandis que des hautes pressions à 1 034 millibars stationnent au centre de la Sibérie. Édifier un système capable de prendre quotidiennement le pouls de ce colosse et de dresser des prévisions est une tâche écrasante, d'autant qu'il faut vaincre les résistances de bureaucraties enchevêtrées et jalouses de leur territoire, et l'on sait que l'inertie bureaucratique est un des héritages de l'époque tsariste que le régime soviétique a su faire merveilleusement fructifier.

Alexeï Féodossiévitch s'y attelle avec énergie, et même avec passion. Dans ses lettres, plus tard, d'assez curieuse façon, il appellera souvent le Service hydrométéorologique unifié « mon cher enfant soviétique ». Il bataille contre les administrations, il force la main aux républiques, il bouscule les *Narkoms*, les différents Commissariats du peuple, il oblige les uns et les autres à livrer le pan de ciel et d'eaux dont ils se croient propriétaires. Il étend son réseau de stations, il reçoit des nouvelles des vents à Sakhaline, des milliers de mètres cubes d'eau par seconde que charrie le Iénisseï, des glaces qui encombrent la « route maritime du Nord », que nous appelons le passage du Nord-Est, des millimètres de pluie qui tombent ou ne tombent pas sur les plaines d'Ukraine. De même que Iagoda, chef de la Guépéou, est censé tout savoir sur les opinions affichées et plus encore les pensées secrètes des citoyens soviétiques, lui, Alexeï Féodossiévitch Vangengheim, est le grand espion qui sonde et recueille et archive les humeurs du continent. Les avions ont besoin de ses renseignements pour atterrir, les navires pour se frayer un passage à travers la mer de Kara, les tracteurs pour tracer leurs noirs sillons dans le tchernoziom. Le premier janvier 1930 est diffusé le premier bulletin météo à la radio, sur 3 350 mètres ondes longues. Naturellement, ces bulletins ne sont pas destinés aux vacanciers ou aux amateurs de week-ends, assez peu nombreux à l'époque dans la patrie du prolétariat mondial, mais à la construction du socialisme, et plus particulièrement de l'agriculture socialiste.

Et Dieu sait qu'elle a besoin qu'on l'aide, l'agriculture socialiste. Conjuguant l'élimination des paysans riches ou supposés tels (il suffit parfois de posséder une vache pour être décrété « koulak » et déporté ou fusillé), la collectivisation à marche forcée et les réquisitions de grain, la politique démente de Staline entraîne en Ukraine une famine atroce. Des millions de gens, trois millions sans doute, meurent pendant les années 1932-1933 sur les terres où Alexeï Féodossiévitch a passé son enfance et sa jeunesse. Quand on a fini de manger les chats, les chiens, les insectes, de ronger les os des animaux morts, de sucer les herbes, les racines et les cuirs, il arrive qu'on mange les morts, il arrive même qu'on les aide à mourir. Vassili Grossman a laissé, dans *Tout passe*, une description de ces temps terribles où des villages entiers, silencieux et pestilentiels, n'abritaient plus que des cadavres, où chaque matin des charrettes portaient à la voirie les cadavres d'enfants venus mendier dans les rues de Kiev. Alors, bien sûr, ce n'est pas de prévisions météorologiques que les campagnes ont d'abord besoin, mais d'un peu d'humanité, simplement. Mais lui, le sait-il ? Le sait-il plus que tous les autres, les millions d'autres qui ignorent ou veulent ignorer quel sillage de souffrances laisse derrière elle la fameuse « construction du socialisme », qui continuent à croire qu'en Union soviétique naît une humanité nouvelle, libérée de ses chaînes ? Qui ignorent ou acceptent la famine (pensent que c'est le prix à payer, qu'après tout il s'agit de paysans attardés, réactionnaires) comme ils ignoreront ou accepteront les déportations massives et les morts du Goulag ? Staline sait, bien sûr, que les campagnes d'Ukraine meurent, et s'obstine dans une politique meurtrière parce qu'il ne peut pas être dit qu'il s'est trompé, et aussi pour briser une paysannerie en qui il voit un ennemi de classe ; les hauts dignitaires du Kremlin savent, les Kaganovitch, les Vorochilov, les Molotov, qui ne sont que les valets en chef, mais à supposer qu'ils ne partagent pas les vues de Staline, ils n'oseraient jamais s'opposer à lui. Mais lui, Alexeï Féodossiévitch, il n'est pas un haut dignitaire, le Service hydro-météorologique ce n'est tout de même pas le Commissariat du peuple aux Affaires intérieures, il ne sait probablement pas que les épis qu'on moissonne là-bas, dans les champs de sa jeunesse, ce sont des têtes humaines, il croit que les bruits qu'il a entendus, s'il en a entendu, les rumeurs vite étouffées – car on risque sa vie à les propager – sont des calomnies fabriquées par l'imagination inépuisablement malfaisante des ennemis de la Révolution. La formidable machine à tuer est aussi une machine à effacer la mort, ce qui la rend d'autant plus redoutable. Il continue à perfectionner son réseau de stations météo, à affiner ses pronostics, à diffuser ses bulletins sur les ondes longues, tranquillement certain d'aider à la construction du socialisme et particulièrement à l'amélioration des performances de l'agriculture.

Et il voit large, et loin. Dans son domaine, c'est un visionnaire, ou peut-être un utopiste. Non content de jeter son filet sur l'immense territoire de l'Union soviétique, il rêve d'un système météorologique mondial. Bien sûr, pense-t-il, il faudra pour cela que la révolution prolétarienne triomphe dans le monde entier, mais il ne doute pas que cela finira par arriver. La supposition politique est hasardeuse, mais la prévision scientifique, pour audacieuse qu'elle soit, s'est vérifiée. En deux ou trois clics je vois sur mon écran une dépression s'approcher du Kamtchatka, une autre de la Nouvelle-Zemble, les vents souffler en tempête sur la mer d'Okhotsk, les hautes pressions étager leurs courbes en larges terrasses au centre de la Sibérie, j'apprends qu'il fait moins trente et un à Kolymskoye, sur le fleuve Kolyma de sinistre mémoire, moins cinq à Arkhangelsk, plus cinq à Astrakhan, zéro à Kiev où le peuple vient de chasser un dictateur ; et si c'est, très loin de là dans l'autre hémisphère, l'Amérique du Sud qui m'intéresse, eh bien il fait vingt-huit degrés à Santiago du Chili où le temps est ensoleillé, comme à Buenos Aires où il ne fait que vingt-deux degrés, de molles courbes anticycloniques sinuent de l'île Juan Fernández où vécut le vrai Robinson Crusoé jusqu'à la pampa, enjambant au passage la cordillère des Andes : le rêve de Vangengheim s'est réalisé, sans attendre une révolution prolétarienne mondiale de plus en plus improbable. Insectes électroniques aux élytres d'or et aux ailes de silice bleue, des dizaines de satellites tournent dans le ciel noir, surveillant les nuages, les pluies, les courants marins, les températures, la hauteur des mers, la fonte des glaces : c'est ça, la révolution mondiale (qu'on appelle à présent « mondialisation »).

Et alors, dans le domaine de ce qu'on nomme maintenant la « transition énergétique », Alexeï Féodossiévitch est carrément un prophète. S'il fait établir un « cadastre des vents », c'est parce qu'il a la vision d'une forêt d'éoliennes tournant du détroit de Béring et du Kamtchatka aux côtes de la mer Noire, innervant de fluide électrique les déserts glacés du nord et ceux brûlants du sud – et le communisme, c'est bien connu, c'est « les soviets plus l'électricité ». « L'énergie du vent n'est pas seulement énorme sur notre territoire, écrira-t-il en 1935, elle est renouvelable et inépuisable. Elle permettra de lutter contre la sécheresse, contre le désert, là où on trouve des vents puissants et brûlants, et où il est très difficile d'acheminer du carburant pour les moteurs. Le vent peut transformer les déserts en oasis. Au nord, le vent permettra de chauffer et d'éclairer. » Il écrira cela dans une lettre à sa femme, depuis les îles Solovki où il a été déporté, où le vent, la moitié de l'année, fait ronfler et tanguer les grands arbres et glace le dos des zeks marchant en colonnes sur le chemin enneigé. Il a lu là-bas dans une revue un petit article sur l'énergie éolienne, et il songe avec amertume qu'il a été un précurseur, quand il était libre : « Toutes ces pensées se sont bousculées dans ma tête et j'ai pensé que j'ai été le premier à soulever ces questions avec le projet de cadastre des vents. Bientôt les grands territoires de l'URSS seront électrifiés par l'énergie du vent, et mon nom disparaîtra sans laisser de trace. » Et de même il a mis en chantier le « cadastre du soleil » car, bien qu'il n'existe encore aucun dispositif capable d'en transformer le rayonnement, il pressent que « le futur appartient à l'énergie solaire et à celle des vents ».

Les tentatives d'ouvrir à la navigation le passage du Nord-Est, ce n'est pas non plus d'aujourd'hui qu'elles datent. Dès 1932, bien avant que réchauffement climatique et fonte des glaces arctiques ne deviennent la bouteille à l'encre, est créée la *Glavsevmorpout*, « Direction générale de la route maritime du Nord », le proconsulat d'Otto Iouliévitch Schmidt. Mathématicien, géophysicien, explorateur, rédacteur en chef de la *Grande Encyclopédie soviétique*, ce géant barbu d'origine germano-balte est un ami d'Alexeï Féodossiévitch – aussi longtemps du moins que ce dernier sera fréquentable. Mais fréquentable, au moment où nous sommes, en 1932-1933, il l'est : et même utile. Non seulement il dirige les services météo, mais il préside le Comité soviétique pour la seconde année polaire internationale. Les navires qui tentent de forcer le passage à travers les glaces, d'ouest en est jusqu'à Vladivostok par le détroit de Béring, sont en liaison constante avec lui, par l'intermédiaire des stations échelonnées le long de la côte sibérienne : ils lui envoient leurs observations et lui leur transmet ses prévisions. En 1932, c'est le brise-glace *Sibiriakov* qui réussit le premier passage sans hivernage ; parti d'Arkhangelsk sur la mer Blanche le vingt-huit juillet, il touche Pétropavlovsk au Kamtchatka trois mois plus tard ; Schmidt est le chef de l'expédition. L'année suivante, le vapeur *Tchéliouskine* quitte Léningrad à la mi-juillet, salué par un grand concours de peuple sur les quais, il contourne la Suède et la Norvège, traverse cahin-caha les mers de Barentz, de Kara, des Laptev, mais dans la mer des Tchouktches il est bloqué par la banquise, dérive et va finir par couler, la coque défoncée par la pression des glaces, le treize février 1934.

Schmidt a fait évacuer tout l'équipage, plus de cent personnes : il y a, chose plutôt inhabituelle pour une expédition polaire, une vingtaine de femmes – l'une d'elles a même accouché d'une petite fille au milieu de la mer de Kara –, des journalistes, un caméraman, grâce à qui est filmé tout ce qui va devenir une épopée, et même un poète constructiviste, Ilya Selvinski... Schmidt organise le campement comme un microcosme communiste idéal, avec discipline militaire (celui qui cherchera à fuir, prévient-il, sera abattu), salut quotidien au drapeau rouge, au son de l'*Internationale*, séances de gymnastique et conférences sur le matérialisme historique (c'est lui qui les assure). On déblaie, on dame une piste d'atterrissage et bientôt, venus d'aérodromes de fortune sur la côte sibérienne, surgis bourdonnants du blizzard et du brouillard, les premiers zincs de secours patinent sur la glace. Figures de l'aviation héroïque, casquées, sanglées, bottées, gantées de cuir fourré, grosses lunettes sur les yeux. Grandes embrassades, et on enfourne tout le monde dans les carlingues, par petits groupes. Le treize avril, deux mois après le naufrage, l'évacuation est terminée, on a emmené même les chiens de traîneau. Le dernier à quitter le campement est le commandant du *Tchéliouskine*, Vladimir Ivanovitch Voronine : on n'est pas sur le *Costa Concordia*.

La suite c'est, pour les rescapés et leurs sauveteurs, un triomphe à la romaine, mais sur une plus vaste scène : tout au long des 9 288 kilomètres du Transsibérien, des foules se pressent à chaque gare, des avions en rase-mottes escortent le train, des bateaux-pompes le saluent lors du passage des fleuves. À Moscou, on embarque dans des torpédos noires, le cortège descend la Téatralnaya escorté par des gardes à cheval, sous une pluie de papier, jusqu'à la place Rouge où les accueille Staline. Parade gigantesque, tanks, avions, régiments au pas de l'oie, et la belle jeunesse en uniformes blancs de sportifs rouges. Ce qui était, à l'origine, un échec, se transforme en célébration à grand spectacle de la puissance nouvelle de l'URSS. Mais lui, Alexeï Féodossiévitch, n'est déjà plus là pour voir ça, le sort a tourné pour lui. Tandis que son « ami » Schmidt plastronne à la tribune du mausolée de Lénine, barbe en avant et une fleur à la boutonnière (blanche, curieusement, la fleur, pas rouge), il est détenu depuis deux mois et demi au « camp à régime spécial » des îles Solovki.

Sa dernière heure de gloire, il l'a connue avec le vol du stratostat *URSS-1*. La conquête de l'espace voit déjà une compétition entre l'Union soviétique et les États-Unis, mais pour l'instant on ne grimpe pas plus haut que la stratosphère, et c'est en ballon qu'on monte au ciel, suspendu à un grand sac de vingt-cinq mille mètres cubes d'hydrogène (strictement interdit de fumer !). Pour le reste la nacelle, une sphère de duralumin frappée des lettres CCCP (URSS), percée de petits hublots et d'une écoutille hermétiquement verrouillée, ressemble tout à fait à une capsule spatiale. Et les décollages, avec des reports fréquents dus aux conditions météo, sont aussi crispants que ceux d'une navette (moins spectaculaires cependant). Le départ d'*URSS-1*, initialement prévu le dix septembre 1933, est remis à cause du brouillard et de la pluie, et c'est pareil le quinze, puis le dix-neuf. Le vingt-trois, on décide que ce sera pour le lendemain. Le vingt-quatre à l'aube, le brouillard noie l'aéroport militaire de Kuntsevo, à l'ouest de Moscou. On ne voit pas à dix pas. On n'en commence pas moins à gonfler les six cent cinquante ballons contenus dans l'enveloppe que retiennent cent cinquante hommes : le géant ectoplasme se dresse lentement mais, gorgé d'humidité, il pèse trop lourd, se dandine au bout de ses vingt-quatre câbles et refuse finalement de s'élever. Dans la nuit du vingt-neuf au trente, on remet ça. Le temps est clair, cette fois, il n'y a pas de vent (le centre de l'anticyclone est sur Moscou), mais un autre problème surgit, inattendu : le concepteur des instruments que doit emporter le stratostat, qui seul sait les préparer, le professeur Moltchanov, n'est pas là ! Le train qui doit l'amener de Léningrad est annoncé avec beaucoup de retard... Alexeï Féodossiévitch passe la nuit à étudier et régler toute cette bimbeloterie de précision, météorographes, barographes, altimètres, enregistreurs de rayons cosmiques...

C'est grâce à lui qu'on est prêts, le trente au petit matin. À huit heures, les trois stratonautes, Guéorgui Prokofiev, chef de bord, Constantin Godounov, copilote, et le radio Ernst Birnbaum, s'introduisent dans la nacelle et, après un dernier salut, ferment l'écoutille. Préhistoire d'une imagerie des héros de l'espace où figureront ensuite Gagarine et Neil Armstrong et toute une phalange d'hommes et bientôt de femmes en scaphandres blancs. À huit heures quarante, on largue tout, et cette fois ça grimpe. Et même vite : à neuf heures dix-sept, Birnbaum communique à la terre que le ballon vient de passer l'altitude de seize mille huit cents mètres, record mondial de l'époque. Ensuite, la vitesse ascensionnelle décroît régulièrement, et à douze heures cinquante-cinq, après que Prokofiev a lâché plusieurs fois du lest, *URSS-1*, désormais parfaitement sphérique, énorme boule étincelante, mitraillée de soleil dans le ciel bleu sombre, atteint l'altitude de dix-neuf mille cinq cents mètres. Puis on redescend en lâchant du gaz, et on atterrit sans problème et comme prévu à une centaine de kilomètres du point de départ, près de la ville de Kolomna dont la population se porte en masse au-devant de la grande corolle tombée du ciel au bord de la Moskova. « Nous félicitons les insurpassables héros de la stratosphère, qui ont brillamment accompli la mission confiée par le pouvoir soviétique » : c'est un télégramme signé de Staline, Molotov, Kaganovitch et Vorochilov.

Des héros, l'URSS en est pleine alors, héros de l'Arctique, héros de la stratosphère, aviateurs qui battent des records du monde de distance aux commandes de monomoteurs aux longues ailes coupe-papier, héros du travail, héros qui construisent, à la même époque, la première ligne du métro de Moscou, avec ses stations qui sont autant de palais du peuple. C'est en 1934 qu'est créé l'ordre des « héros de l'Union soviétique », dont les premiers membres sont les pilotes sauveteurs du *Tchéliouskine*. Il y a aussi les héros malheureux, les Prométhées prolétariens, tels les membres de l'équipage du second stratostat, *Osoaviakhim-1* : ils montent jusqu'à vingt-deux mille mètres, le trente janvier 1934, transmettent de là-haut leurs « chaleureuses salutations au grand et historique dix-septième congrès du Parti », qui est réuni alors à Moscou, « au grand et aimé camarade Staline et aux camarades Molotov, Kaganovitch et Vorochilov », mais la descente se passe mal et finit en chute libre. On leur fait des funérailles nationales sur la place Rouge, on leur élève des monuments (les trois Américains d'*Explorer-1*, six mois plus tard, finiront aussi en chute libre, mais ils parviendront à s'extraire de la nacelle et à sauter en parachute). Au-delà de l'emphase propre à la rhétorique soviétique, c'est un temps en effet de foi dans le progrès scientifique et technique, de conviction que le socialisme décuple ses forces en les mettant au service du peuple, un temps d'ardents enthousiasmes et sacrifices. « Nous voyions l'avenir comme un bien nous appartenant et que personne ne contestait », avait écrit Isaac Babel, évoquant les temps de la guerre civile, « la guerre comme une préparation tumultueuse au bonheur, et le bonheur lui-même comme un trait de notre caractère ». Phrase qui ramasse magnifiquement la violente espérance de l'époque, et qu'on ne peut lire sans émotion quand on se souvient que Babel finira fusillé dans les premiers jours de 1940. On se prend à se demander ce qui se serait passé si la folie de Staline, décapitant toutes les élites du pays, scientifiques, techniques, intellectuelles, artistiques, militaires, décimant la paysannerie et jusqu'à ce prolétariat au nom de quoi tout se faisait, dont l'URSS était supposée être la patrie, n'avait pas substitué, comme ressort de la vie soviétique, la terreur à l'enthousiasme. L'introuvable « socialisme » que les « héros » s'imaginaient construire, et ceux aussi, comme Alexeï Féodossiévitch Vangengheim, qui n'étaient pas des héros, seulement d'honnêtes citoyens soviétiques, aimant leur travail, pensant servir le peuple en le faisant avec compétence, peut-être aurait-il existé ? Peut-être se serait-il avéré un système infiniment préférable au capitalisme ? Peut-être le monde entier, à part quelques pays arriérés, serait-il devenu socialiste ?

Allons, ne rêvons pas.

5

Ce jour-là, huit janvier 1934, la Commission gouvernementale pour l'entretien du corps de V.I. Lénine avait respectueusement procédé à l'examen de la momie de Vladimir Ilitch, conservée à l'intérieur du mausolée de la place Rouge. Les membres de la commission avaient été extrêmement satisfaits du résultat, Lénine était frais comme une rose, ce qui constituait, soulignaient-ils, « une performance scientifique d'une importance mondiale, sans précédents dans l'Histoire » (les pharaons n'étant guère présentables). On pouvait envisager que la dépouille reste indéfiniment intacte (ce que la commission n'avait pas prévu, c'est que le spectacle du cadavre de ce petit homme au visage mongol, costumé de sombre et cravaté comme s'il se rendait à un dîner de gala, n'exciterait pas indéfiniment l'enthousiasme des masses populaires). La commission demandait aux professeurs Vorobiov et Zbarski, responsables de cette exceptionnelle réalisation de la science soviétique, de rédiger un mémoire décrivant en détail leur méthode afin que l'opération puisse être répétée dans l'avenir (à qui pensaient-ils ?). Molotov, qui contresignait le rapport de la commission, suggérait que les deux embaumeurs soient décorés de l'ordre de Lénine, et qu'on leur fasse présent à chacun d'« une bonne voiture ».

Un qui ne serait pas embaumé, mais incinéré, c'était Andreï Biély, mort la veille. Le poète symboliste, l'auteur génial et quelque peu toqué, tout de même, de *Pétersbourg*, serait accompagné au cimetière par un groupe d'écrivains parmi lesquels Mikhaïl Prichvine, Nikolaï Evreïnov, Véra Inber, Boris Pilniak (qui finirait fusillé), Boris Pasternak, Ossip Mandelstam (qui mourrait au camp de transit de Vladivostok). « Représentant notoire de la littérature bourgeoise et de la mentalité idéaliste, notait la *Pravda*, Andreï Biély, ces derniers temps, a sincèrement cherché à assimiler les idées de la construction socialiste. » Dernier des grands représentants du symbolisme russe, il n'avait pas partagé, notait avec satisfaction le journal, « le destin des autres leaders de ce courant littéraire (Merejkovski, Zinaïda Hippius, Balmont) sombrés dans le marécage de l'émigration blanche : il était mort en écrivain soviétique ». Le véritable nom de Biély était Boris Bougaev, c'était le fils de ce recteur mathématicien qui, en 1901, avait viré Alexeï Féodossiévitch de l'université de Moscou.

Et pour le reste, ce huit janvier était une journée soviétique normale. Héros du travail et saboteurs se donnaient la réplique. Les *Izvestia* annonçaient que la récolte de 1933 avait battu tous les records, grâce à la politique avisée du Parti, qui avait triomphé du sabotage des koulaks et développé les kolkhozes et la mécanisation (et causé l'effroyable famine ukrainienne, mais cela avait échappé aux *Izvestia*). Développé la mécanisation, peut-être, n'empêche qu'il y avait des problèmes du côté des tracteurs. Certes, le cinquante millième tracteur, baptisé « Dix-Septième Congrès », sortait des chaînes de l'usine de Kharkov ; certes, mais pendant ce temps-là, au centre de réparation du Tadjikistan, on se tournait les pouces, n'accomplissant que 0,3 % du plan ! Zéro virgule trois pour cent, vous avez bien lu. Pour un manquement bien moins grave, le directeur du combinat du caoutchouc de Iaroslavl s'était fait saquer, en attendant d'aller se faire rééduquer par le travail : cet impudent chacal, à qui le plan avait assigné une production de neuf cent mille pneus, n'avait-il pas déclaré, le vingt-trois décembre, que l'objectif n'était pas tenable ? Pas tenable ! « Le plan fixé par le Gouvernement est une loi, rétorquait la *Pravda* ; s'y opposer est une violation de la discipline du Parti et de la loi soviétique. » Hélas, ce déplorable Mikhaïlov (c'était le nom du directeur saboteur) n'était pas le seul à glisser perfidement des bâtons dans les roues du char du socialisme, les ateliers de réparation de tracteurs d'Asie centrale avaient dû renvoyer trois mille coussinets de bielle trop fragiles, mille quarante-neuf pistons fabriqués à l'usine numéro dix-sept qui n'avaient pas les dimensions demandées, quant aux segments de l'usine Frounzé de Penza, ils étaient tous défectueux ! Et que dire de la fabrique de chaussures Skorokhod (« Marche vite ») de Léningrad qui avait dû renvoyer seize mille paires de semelles de Promtechnika ? Quand on savait que Promtechnika produisait, précisément, seize mille paires de semelles par jour, cela signifiait que l'usine avait travaillé une journée entière pour rien ! De qui se moquait-on ?

Et il y avait encore, à ma droite, du côté des saboteurs, le camarade (pour combien de temps ?) Roussanov, directeur du chemin de fer Moscou-Biélomorsk (qu'emprunterait bientôt, dans un wagon à bestiaux, Alexeï Féodossiévitch), qui se plaignait de n'avoir pas assez de matériel roulant alors qu'il en avait bien suffisamment, seulement il laissait prospérer les tire-au-flanc de telle façon que les trains n'étaient jamais prêts au départ. Et le camarade ou bientôt ex-camarade Joukov, directeur du chemin de fer de l'Ouest, était dans le même cas. Et celui du chemin de fer du Sud, qui retardait le chargement du charbon du Donbass. Et les vauriens de la centrale électrique de Perm, alors, qui depuis le début de l'hiver désorganisaient la production par des coupures de courant intempestives !

Il y avait heureusement, à ma gauche, les héros, les travailleurs de choc. Les enthousiastes kolkhoziennes et kolkhoziens du kolkhoze « Projektor » qui promettaient de travailler encore mieux et plus. Les activistes du chantier du métro qui, réunis par le camarade Kaganovitch, s'engageaient à achever le percement de la première ligne pour le dix-septième anniversaire de la révolution d'Octobre. Les kolkhoziens et sovkhoziens d'Adjarie qui dépêchaient, en cadeau aux délégués du dix-septième congrès et aux travailleurs de Moscou, dix-sept wagons de clémentines, d'oranges et de citrons. Les travailleuses de choc de vingt-cinq usines de la ville de Lénine envoyaient une déclaration d'amour à Staline :

« Grand maître, notre meilleur ami, cher camarade Staline,
Le passé est aboli pour toujours !
Nous avons toujours été avec les bolchéviks,
La conscience de l'ouvrière s'est tant élevée qu'on ne
  la reconnaît plus.
La vie devient de plus en plus belle et riche.
Nous voulons travailler le plus possible, accomplir toutes
  les tâches le mieux possible.
Camarade Staline ! Tu as rendu notre pays invincible. »

Et la preuve que la vie devenait sans cesse plus belle et riche, c'était ce magasin Gastronom au coin de Tverskaïa et de Bolchoï Gniézdnikovski péréoulok, à Moscou (un exemple parmi d'autres), qu'un reportage montrait croulant sous les saucissons de Krakov, de Poltava, les saucisses en guirlandes, les jambons, « les meilleurs représentants des mers Noire, d'Azov et de Barentz ainsi que des rivières soviétiques », harengs de Kertch, saumons, esturgeons, sandres, mulets, etc. C'était une véritable symphonie, qui évoquait fort justement au journaliste de la *Pravda*, lequel avait des lettres et du lyrisme, les descriptions du *Ventre de Paris*. Le premier poste de télévision, modèle TK-1, était fabriqué à l'usine Kozitsky de Léningrad, la production des gramophones électriques démarrait, les drapeaux rouges flottaient au-dessus de l'usine « Internationale Communiste de la Jeunesse » pour saluer les débuts de la production d'aiguilles pour machines à coudre, vingt et un vélos issus des usines de Moscou, Kharkov et Penza s'apprêtaient à prendre le départ d'une course de mille deux cents kilomètres le long du littoral de la mer Noire, destinée à tester la qualité des matériels. L'escadrille d'agit-prop de l'organisation paramilitaire Osoaviakhim avait décollé de Kharkov pour Stalino, dans le Donbass. Hourrah l'Oural !

Peut-être Alexeï Féodossiévitch parcourut-il d'un œil distrait ces nouvelles du jour, sans savoir que ce numéro 5894 de la *Pravda* était le dernier qu'il achetait à un kiosque (ou bien sans doute le lui livrait-on au bureau ?), le dernier en tout cas de sa vie d'homme libre. S'est-il souvenu de cette peau de vache de Nikolaï Bougaev, le père de Biély, qui trente-trois ans auparavant l'avait viré de l'université de Moscou où lui-même enseigne la physique, maintenant ? Un grand mathématicien, tout de même, ce Bougaev. Peut-être a-t-il lu en réprimant un bâillement l'histoire du directeur du combinat du caoutchouc de Iaroslavl, ou bien avec indignation, je ne sais pas, sans savoir que le lendemain il serait lui-même un saboteur et un hors-la-loi soviétique. Sans savoir que ce numéro de la *Pravda* était le dernier du temps où il s'appelait le camarade Alexeï Féodossiévitch Vangengheim, directeur du Service hydro-météorologique unifié de l'URSS, président du Comité hydro-météorologique près du Soviet des commissaires du peuple, chef du Bureau du temps, président du Comité soviétique d'organisation de la seconde année polaire, et des tas de titres encore ? Du temps où on l'appelait camarade, tout simplement ?

Je suppose – mais je me trompe peut-être – qu'il n'accorde qu'une attention lointaine à toutes ces histoires de tracteurs, d'aiguilles de machines à coudre et de glorieux saucissons. Non qu'il ne soit pas un bon communiste, mais son domaine à lui, ce sont les nuages, les vents, les pluies, les isobares, les glaces de la route maritime du Nord. La part qui lui revient dans la construction du socialisme, c'est celle-là : aider le prolétariat révolutionnaire à maîtriser les forces de la Nature. Chacun à son poste de travail, de combat : c'est un type organisé. L'histoire des professeurs déboutonnant Vladimir Ilitch pour voir s'il n'est pas faisandé l'a-t-elle fait sourire ? Je ne pense pas, je ne lui imagine aucune inclination à l'irrespect. J'aimerais, mais je ne crois pas, malheureusement. S'est-il intéressé aux nouvelles internationales, alors ? De Londres, on câblait que l'inquiétude allait croissant à propos du sort de Guéorgui Dimitrov, que le gouvernement allemand ne libérait pas en dépit de son acquittement dans l'affaire de l'incendie du Reichstag. De Paris, l'agence Tass communiquait que l'ancien président du Conseil Édouard Herriot faisait une tournée de conférences dans le sud de la France pour vanter les réalisations de l'industrie et de l'agriculture soviétiques. (On avait baladé Herriot à travers l'Ukraine dévastée, en 1933, mais naturellement on ne lui avait montré que de joyeux kolkhoziens faisant bombance sous des portraits de Staline, ce qui l'autorisait à « hausser les épaules » quand on lui parlait de famine. Grossman, dans *Tout passe*, évoque la visite d'Herriot : au milieu de la région de Dniepropétrovsk où le cannibalisme sévit, on l'amène au jardin d'enfants d'un kolkhoze, « et là il a demandé : "Qu'est-ce que vous avez mangé aujourd'hui au déjeuner ?" Et les enfants ont répondu : "Du bouillon de poule, des pirojki et des croquettes de riz." » Herriot était moins perspicace que Gide, quelquefois les écrivains jugent mieux des affaires du monde que les politiques.) Il y avait aussi l'affaire qui s'appelait encore « du Crédit municipal de Bayonne », une ingénieuse escroquerie montée par un aigrefin du nom d'Alexandre Stavisky. Une correspondance datée du sept faisait état en une de ses nombreuses relations dans les milieux dirigeants français. Au moment où Alexeï Féodossiévitch parcourait, peut-être, cet article, on découvrait « le beau Sacha » agonisant dans un chalet de Chamonix, « suicidé d'une balle de revolver qui lui a été tirée à bout portant » : mais cela, les lecteurs de la *Pravda* ne l'apprendraient que le lendemain, l'article du huit janvier était le premier d'un feuilleton dont le météorologue ne connaîtrait pas la suite, qui probablement ne l'intéressait pas outre mesure. Peut-être en inféra-t-il quelques vagues considérations (des confirmations, plutôt, de ses croyances) sur le pourrissement du monde capitaliste et la victoire inéluctable du socialisme (etc.).

En Extrême-Orient, le Japon resserrait son emprise sur la Chine du Nord, et s'apprêtait à faire du faible Puyi « le dernier empereur ». Emprisonnés à Shanghai, les agents du Komintern Paul Rüegg et Gertrude Noulens, de leurs vrais noms Yakov Rudnik et Tatiana Moïseïenko, et pas du tout suisses comme leurs passeports le prétendaient, en étaient à leur dix-neuvième jour de grève de la faim, et leur vie était en danger, des télégrammes de protestation parvenaient du monde entier, et notamment de Paris, aux ambassades de Chine ou de ce qui restait de la Chine (on était en pleine *Condition humaine*, roman qui venait d'obtenir le prix Goncourt). À Kharbine, au nord de la Mandchourie sous occupation japonaise, on avait retrouvé le corps torturé d'un jeune pianiste français. Le malheureux Simon Kaspé, fils d'un riche commerçant juif de la ville, avait été enlevé trois mois plus tôt, alors qu'il était venu visiter sa famille, par un gang d'hommes de main du parti fasciste russe qui réclamaient une rançon de cent mille dollars. Ils lui avaient, entre autres sévices, coupé les deux oreilles. La police japonaise n'avait rien fait pour les retrouver (et lorsqu'ils furent arrêtés, ils furent graciés par l'empereur).

Il n'y avait pas, à cette époque, de bulletin météo dans la *Pravda*. Était-ce parce qu'on n'avait pas trouvé ça utile, Alexeï Féodossiévitch avait-il tenté en vain d'obtenir un encart régulier dans l'organe du Comité central ? Je ne sais. C'était un journal austère, on s'en doute, avec une seule photo illustrant la fabrication des aiguilles de machines à coudre, ce qui n'était pas un sujet très photogénique. S'il y avait eu un bulletin météo, il aurait dit à peu près qu'un vaste anticyclone à 1 045 millibars, centré sur l'Oural, provoquait l'arrivée d'air très doux sur l'ouest du pays, causant d'abondantes chutes de neige de la Carélie au nord à la Mordovie au sud. Il entraînait en revanche des températures très froides avec un ciel dégagé sur l'extrême est, du *kraï* ouest-sibérien jusqu'à la côte Pacifique. Le lendemain, peu d'évolution : grosses chutes de neige attendues sur la région de Moscou et la Volga, tandis que tout l'est continuerait à connaître un temps sec avec des températures de moins vingt à moins trente degrés. Mais le lendemain… Deux articles encore ont sûrement arrêté un instant le regard d'Alexeï Féodossiévitch, s'il a eu le temps ce jour-là de lire la *Pravda* : Ilya Selvinski, le poète futuriste, informait par radiogramme que la dérive du *Tchéliouskine* sur l'océan Glacial avait repris, vers le sud-est, alors qu'elle avait été orientée au nord pendant le mois de décembre. Un vent violent de nord-est brisait la banquise, amoncelant des blocs de plusieurs mètres de haut. La glace pressait avec force la coque du navire, qui pour le moment tenait bon. Des mesures avaient tout de même été prises en prévision d'une évacuation, des vivres et des tentes stockés sur le pont. Schmidt pensait à tout. Le travail scientifique continuait. Et puis, autre petit article : Vorochilov avait informé Staline que les préparatifs pour le vol du stratostat *Osoaviakhim-1* avaient commencé, sur le terrain de Kuntsevo. Les trois stratonautes, Fedosseïenko, Vassenko et Oussichkine, étaient prêts. Le but était d'établir un nouveau record du monde à l'occasion du dix-septième congrès du Parti, qui allait s'ouvrir à Moscou le vingt-six janvier. Mais tout ça, Alexeï Féodossiévitch le savait déjà.

6

Ce soir-là, huit janvier 1934, il neige sur Moscou. Les étoiles rouges flamboyant dans le ciel mauve, les tours et les murailles crénelées couleur de sang séché, font vraiment du Kremlin « l'habitation qui convient aux personnages de l'Apocalypse » qu'y voyait déjà, au dix-neuvième siècle, le marquis de Custine. De rares automobiles noires roulent lentement sur les larges avenues blanches, les tramways lancent des éclairs, les passants se hâtent sur les trottoirs, cols relevés, chapkas enfoncées. Des gouffres s'ouvrent dans le sol de Moscou, le trou gigantesque laissé au bord du fleuve par la destruction de la cathédrale du Christ-Sauveur, les puits donnant accès au chantier de la première ligne du métro, d'où montent des colonnes de fumée. Alexeï Féodossiévitch a acheté des billets pour la représentation du soir au Bolchoï, où l'on donne *Sadko*, un opéra de Rimski-Korsakov contant les aventures sous-marines du marchand Sadko avec la fille du roi de la Mer. Il a convenu avec sa femme qu'ils se retrouveraient sous la colonnade, à l'entrée du théâtre. Elle l'attend en vain, les derniers spectateurs sont entrés depuis longtemps, secouant la neige de leur manteau, ôtant leurs caoutchoucs, la sonnerie a retenti, il n'arrive pas, la neige strie le halo mauve qui entoure les étoiles rouges au sommet des tours du Kremlin, il n'arrivera pas, à cette heure-là il se trouve non loin du Bolchoï, à quelques centaines de mètres à peine, mais séparé d'elle pourtant par une distance immense, dans un monde dont il est beaucoup plus difficile de revenir que du monde sous-marin de Sadko : l'« isolateur intérieur » de la Loubianka, siège de la Guépéou.

Je ne sais pas si Alexeï Féodossiévitch avait senti la menace se rapprocher, mais je suppose que oui – à moins que sa foi communiste ne l'ait rendu complètement aveugle. En tant que fils de noble et frère d'un émigré, il était de toute façon un candidat naturel aux soupçons des paranoïaques de la police politique. Depuis un certain temps, le cercle se resserrait autour de lui. Pas seulement de lui, le propre de la terreur que Staline commençait à faire régner est que nul n'en était épargné, si haut placé fût-il, si fidèle exécutant des basses œuvres. Il n'est personne qui ne soit un mort en sursis. Les enquêteurs du NKVD qui vont l'interroger seront un jour pas très lointain interrogés eux-mêmes et fusillés, de même que le terrible Iagoda, le commissaire du peuple à l'Intérieur, le maître de la Loubianka. Le cercle ne se resserrait donc pas autour de lui seulement : mais de lui aussi. Il y avait eu, en mars 1933, la découverte dans les rangs du Commissariat du peuple à la Terre, dont dépendaient ses services, d'une prétendue organisation contre-révolutionnaire formée majoritairement d'individus « d'origine bourgeoise et grand propriétaire ». Trente-cinq « comploteurs » avaient été fusillés avec leur chef, Moïse Wolfe. Puis il y avait eu les articles venimeux d'un type qui était pourtant un de ses subordonnés, N. Spéranski.

Vangengheim avait contribué à l'introduction dans les cercles météorologiques soviétiques de la « théorie norvégienne », c'est-à-dire, pour faire vite, d'une théorie de la naissance des dépressions à partir des ondulations d'un front mettant en contact air polaire et air tropical. L'un des concepteurs de cette théorie qui sera massivement adoptée au vingtième siècle, le Suédois (en dépit de son nom) Bergeron, avait été invité à venir faire des conférences en URSS, des articles avaient paru dans des revues spécialisées, notamment celui d'un jeune collaborateur du Bureau du temps, Sergueï Khromov, intitulé « Nouvelles idées dans la météorologie et leurs implications philosophiques ». Des « nouvelles idées », vraiment ? Voilà qui est suspect. Comme si Marx-Engels-Lénine-Staline ne suffisaient pas, n'avaient pas réponse à tout... Spéranski accuse l'écervelé de n'avoir pas fait référence à Lénine (« il semble incroyable que l'on puisse "par hasard" oublier Lénine »), pire encore, de ne pas citer les œuvres de Staline parmi les ouvrages recommandés ! Il invite à « repousser décidément la propagande de classe étrangère dissimulée sous des déguisements marxistes ». Et, dans un autre article, il remet ça, tonnant contre « le tas de détritus répandus à dessein par des mains ennemies » et un « courant menchéviste manifeste dans la presse du service hydro-météorologique ». Oubli de Lénine et Staline, propagande de classe étrangère, courant menchéviste : ce sont des mots terribles dans l'URSS d'alors, et surtout celle qui est en train de naître, des mots qui tuent. Vangengheim comprend très bien que c'est lui, le patron de Khromov, le directeur de la revue qui a publié ce « tas de détritus », qui est visé : il souligne au crayon rouge les passages les plus assassins.

Finalement, en novembre 1933, c'est un de ses proches collaborateurs du Bureau central du temps, Mikhaïl Loris-Mélikov, qui est arrêté à Léningrad. Interrogé, il se met à table, dénonce l'existence d'une organisation contre-révolutionnaire dans le Service hydro-met, dont le professeur Vangengheim, « d'un tempérament autoritaire et carriériste, politiquement hostile au Parti », est l'organisateur clandestin. Le but de la conspiration : saboter la lutte contre la sécheresse en désorganisant le réseau des stations et en falsifiant les prévisions (c'est bien la première fois que de mauvais pronostics météo peuvent valoir la mort). Et Loris-Mélikov balance largement, pas seulement son patron mais d'autres collaborateurs, dont un certain Kramaleï, d'origine noble comme lui (et ayant, comme Vangengheim, un frère émigré, servant dans la Légion étrangère française). On arrête donc Kramaleï, qui confirme les dires de Loris-Mélikov et ajoute d'autres noms. Dès lors, le dossier des limiers de la Guépéou est suffisamment étoffé pour qu'on puisse procéder à l'arrestation de Vangengheim.

Le seul des arrêtés à n'avoir dénoncé personne, rejetant toutes les accusations, est un certain Gavril Nazarov, sans parti, d'origine paysanne. Bien que cardiaque et fragile nerveusement, il tient tête aux hommes de la Guépéou. Je ne mentionne pas ce fait pour établir la supériorité de l'origine paysanne sur l'origine noble, mais pour rendre un hommage tardif à son courage solitaire, d'abord, et ensuite pour évoquer la question sempiternelle s'agissant des procès staliniens :

pourquoi les accusés, grands dignitaires ou petits fonctionnaires, maréchaux, compagnons de Lénine, fondateurs du parti bolchévik, ou simples météorologues, finissent-ils par avouer tous les crimes imaginaires dont les charge la police politique ? Il semble que la torture, qui sera courante dans les années de la « Grande Terreur », en 1937-1938, ne soit pas d'un usage systématique en 1933-1934 : nous n'en sommes encore qu'à la Terreur ordinaire. Mais il y a les coups, les humiliations, il y a les menaces sur la famille, qu'on espère follement protéger en donnant satisfaction aux enquêteurs. Il y a l'épuisement provoqué par les interrogatoires à la chaîne, pendant des jours et des nuits sans dormir, par des équipes qui se relaient, reviennent sans cesse aux mêmes questions, formulées un peu différemment, entendues dans une semi-inconscience. Il y a l'effondrement moral qu'entraîne le fait d'être soudain traité en ennemi du peuple, quand on a été habitué à concevoir la totalité du monde comme un affrontement manichéen, à quoi rien n'échappe, entre le peuple et ses ennemis, il y a la foi dans le Parti qui demeure envers et contre tout, désespérée, la confiance irrationnelle dans ses dirigeants et dans le plus grand, le plus clairvoyant, le plus humain d'entre eux... On suppose cela, ces raisons, et au fond on n'en sait rien. Qui n'est pas passé par ces abîmes ne peut faire le voyage en imagination.

Gavril Nazarov, en tout cas, n'avoua pas, ne témoigna pas contre les autres. Il fut condamné à cinq ans de camp en vertu de l'article cinquante-huit du Code pénal de la République socialiste de Russie, paragraphe sept, réprimant le sabotage économique. Je ne sais où ni quand il mourut, mais je suis sûr que ce ne fut pas dans son lit. Loris-Mélikov mourut en 1936 dans un camp d'Oukhta. Les deux officiers de la Guépéou qui avaient signé son acte d'accusation, Dérénik Apressian et Alexandre Chanine, furent fusillés l'un en 1939, l'autre en 1937. Le chef de la Guépéou, Guenrikh Iagoda, qui avait signé l'ordre d'arrestation de Loris-Mélikov et des autres « saboteurs », fut fusillé en mars 1938, après s'être reconnu coupable (notamment) d'avoir empoisonné Gorki. *It is a tale, told by an idiot, full of sound and fury, signifying nothing...*

Nous sommes le huit janvier 1934, donc. L'ordre d'arrestation et de perquisition n° 14234 est délivré par l'adjoint de Iagoda, Guéorgui Prokofiev (qui porte le même nom que le pilote du stratostat *URSS-1*, et sera fusillé en 1937). La perquisition est menée au bureau et au domicile d'Alexeï Féodossiévitch, 7 Dokoutchaïev péréoulok. Lors de mon dernier séjour à Moscou, je suis allé voir si le bâtiment existait toujours, et en effet, il est encore là, l'un des rares de la rue à n'avoir pas été démoli, non loin de la gigantesque avenue Soukharevskaïa, de la place des Trois-Gares et des gratte-ciel staliniens (qui n'existaient pas à l'époque) de l'hôtel Léningrad et du ministère de l'Industrie lourde. Le petit bâtiment néoclassique, peint en crème, d'un étage sur la rue et deux sur la cour à laquelle un porche donne accès, abrite à présent l'école de musique Odoïevski. Quelques grêles notes de piano s'échappent du premier étage, dans la cour des gamins s'amusent à glisser sur la glace (on est en décembre, comme l'attestent aussi les ampoules bleues de modestes décorations de Noël). C'est étrange de penser que l'histoire cruelle que je raconte aujourd'hui, quatre-vingts ans après, a commencé dans cette paisible maison vouée à la musique – c'est étrange, mais quelle maison de Moscou n'a pas vu des choses terribles ?

7

L'énorme bâtiment de la Loubianka, une forteresse de huit étages, de plan *grosso modo* trapézoïdal, fermée autour de cours profondes, était le siège de la police politique, qui changea souvent de nom – elle s'était appelée Tchéka dans les premiers temps mais s'appelait pour lors Guépéou (GPU, acronyme des mots signifiant « Direction politique d'État ») ou Oguépéou, si on rajoute un « o » pour *obiédinonnoïe*, « unifiée ». La Guépéou se fondit ensuite, en juillet 1934, dans le NKVD, « Commissariat du peuple aux Affaires intérieures ». (La ou le Guépéou ? Les deux usages coexistent, mais le mot étant féminin en russe, on ne voit pas de raison de changer en français, n'en déplaise à Aragon et à son cri d'amour pour une des pires polices de l'Histoire – « Demandez un Guépéou vous qu'on plie et vous qu'on tue ».) La Loubianka était donc le siège de la police politique, toujours féroce de quelque nom qu'elle s'appelle, et elle était aussi une prison, et enfin un lieu d'exécutions : on y faisait tout le travail, de l'« instruction » à l'exécution de la sentence. Ça se passait dans les sous-sols. Le condamné, vêtu seulement de ses sous-vêtements (la mort ne suffisait pas, il fallait en plus l'humiliation), était emmené dans une pièce au sol recouvert d'une toile goudronnée et là on lui tirait une balle dans la nuque, en général avec un revolver 7,62 Nagant à canon court. Puis on rinçait la toile, il y avait, à tous les étages de la Loubianka, un souci de propreté. C'est là, dans les sous-sols, que seront exécutés, par exemple, Zinoviev et Kamenev, après le premier « procès de Moscou ». Mais tant d'autres, surtout, dont nous n'avons pas retenu les noms.

On ne peut regarder sans émotion, sans cette espèce de stupeur que suscitent les lieux terribles, l'écrasante façade grise et ocre soutachée de corniches roses de la Loubianka, au-dessus de la place du même nom, au sortir de la station de métro du même nom. Je dis « on », mais qui, en fait ? Ceux pour qui ont compté d'une façon ou d'une autre, à un moment de leur vie, l'espérance révolutionnaire et sa mort sinistre. Car s'il est un lieu qui symbolise ce meurtre de masse de l'idéal, cette substitution monstrueuse de la terreur à l'enthousiasme, des policiers aux camarades, c'est la Loubianka. C'est ici le centre de cette alchimie à rebours qui a transformé l'or en vil plomb. Combien de milliers d'hommes et de femmes libres et courageux sont ressortis de cet abattoir brisés, esclaves ? Je n'idéalise certes pas le communisme, mais je sais aussi l'espérance qu'il a été, la force généreuse qu'il a mise en mouvement. Combien de milliers ont été assassinés dans les caves de cet énorme immeuble bourgeois, de style lourdement italianisant, qui fut d'abord le siège d'une compagnie d'assurances ? Cette émotion, cette stupeur dont je parle ne semble pas être le fait de beaucoup à Moscou. Les passants, nombreux sur la place, n'accordent aucune attention particulière à l'infâme monument. Un reste de peur, peut-être ? La seule plaque sur les murs signale qu'ici, de 1967 à

1982, Iouri Andropov dirigea le KGB. Rien sur la foule des martyrs qui ont eu la tête trouée quelques étages en dessous du bureau de Iouri Andropov. Tout autour de la Loubianka, les magasins de luxe de la nouvelle Russie, les parfumeries, les joailleries, les Gucci, les Ferrari, les boutiques et halls d'exposition peuplés d'hôtesses montées sur talons stiletto et surveillés par des malabars en survêtement noir.

Une salle vide, violemment éclairée. Un homme en blouse blanche. Déshabillez-vous. Tournez-vous. Baissez-vous. Écartez les jambes. Le séjour à la Loubianka commence par la fouille à corps. L'homme nu, tâté, manipulé, humilié, a définitivement cessé d'être un camarade. « Même quand pendant des mois on s'est familiarisé avec l'idée d'être en prison », écrit Margarete Buber-Neumann, la femme du dirigeant communiste allemand Heinz Neumann, qui fut déportée par Staline puis livrée par lui à Hitler, « on ne sait vraiment ce que cela veut dire que le jour où l'on est derrière une porte sans poignée ; mais ce qu'est un prisonnier, ce que signifie de laisser disposer de son corps, on ne le sait qu'après la première fouille à la Loubianka. » Après la fouille on se rhabille, avec des vêtements dont tous les boutons ont été arrachés. On marche le long de couloirs interminables, baignés d'une lumière dure, retenant des deux mains son pantalon, avec un garde armé derrière soi. Empreintes, photos. Le cliché anthropométrique de « Vangengheim Al-eï F », face et profil, porte le numéro 34776. Le visage est lourd, le regard inexpressif, ou alors exprimant une stupeur morne. Pas ces yeux de pure panique, ou d'accablement, qui rendent si dures à regarder certaines des photos de condamnés du NKVD. C'est le même visage que sur la photo à la cravate, mais vieilli soudain, éteint. Engoncé dans un manteau sombre.

On marche le long de couloirs interminables, sentant le désinfectant, on est poussé dans une cellule minuscule et surchauffée, sans aucune ouverture, qu'on nomme « la niche à chien », *sobatchnik*, on est devenu un chien, on attend là, on vous en extrait, on monte dans un ascenseur, on emprunte de nouveaux couloirs, moquettés de rouge comme dans un hôtel, des voyants lumineux sont allumés pour signifier qu'on ne risque pas de croiser un autre détenu, on vous pousse dans un bureau où attendent les agents instructeurs de la Guépéou, Alexandre Chanine et Léonid Gazov. Ils appartiennent tous deux à la section économique, chargée de réprimer les crimes contre l'agriculture et l'industrie soviétiques. Le premier sera fusillé en 1937, le second mourra honoré et médaillé cinquante ans plus tard : la vie est injuste. Chanine sera même fusillé deux mois et demi avant Vangengheim, ce qu'il est certainement loin de suspecter ce soir du huit janvier où, tranquille et froid, professionnel, il recueille les renseignements d'identité de cet ennemi du peuple hébété qui tient son pantalon à deux mains. *It is a tale, told by an idiot...* Nom, prénom, patronyme, né à Krapivno, République socialiste d'Ukraine, ex-noble et propriétaire terrien, ex-officier dans l'armée tsariste, ex-directeur du Service hydro-météorologique, ex-membre du parti communiste bolchévik d'Union soviétique... Alexeï Féodossiévitch n'est plus que la suppression de ce qu'il a été, un vide comme celui qu'a creusé dans le paysage de la ville la destruction de la cathédrale, il n'est pas encore informé de sa nouvelle identité sociale de saboteur et d'espion. Puis on le conduit dans une cellule individuelle, éclairée en permanence, surveillée à intervalles réguliers à travers l'œilleton. Il est dans « l'isolateur intérieur » de l'Oguépéou.

Certains détenus, on les y laisse mariner des semaines dans l'ignorance de ce dont ils sont accusés, lui a de la chance, si l'on peut dire : il n'attend que cinq jours avant d'être convoqué à son premier interrogatoire. Chanine n'est plus là, remplacé par Dérénik Apressian, qui fait équipe avec Gazov. Ils sont propres, bien rasés, dans leur uniforme à parements bleus. Je les imagine distants, calmes, n'élevant pas la voix. Ils ont tout leur temps. Ils feuillettent un dossier qui contient, Vangengheim va vite s'en apercevoir, à côté des faux témoignages de Loris-Mélikov et Kramaleï, quantité d'informations exactes sur lui, apparemment insignifiantes mais qui toutes ensemble leur donnent l'apparence de ceux qui savent tout, qu'il est inutile d'essayer de tromper. Ils affectent, j'imagine, une patience indifférente, taillent un crayon, allument une cigarette, se polissent les ongles, téléphonent peut-être à leur femme ou leur maîtresse cependant qu'il réfléchit désespérément, essaie de comprendre où ils veulent en venir, ce qu'il faut répondre pour être cru, pour ne pas être mis en contradiction, pris dans les rets de leurs questions insidieuses, de leur tranquille hostilité (mais peut-être au contraire sont-ils grossiers dès le début). D'entrée ils le désarçonnent en lui produisant une note, trouvée chez lui lors de la perquisition, où un certain Goudiakov rapporte les propos d'un professeur de météorologie à l'Académie agraire, Vitkévitch, selon lesquels il ne serait qu'« un élément nuisible qui devrait un jour rendre des comptes comme saboteur ». Est-il d'accord avec cette appréciation ? Non, on s'en doute. Pourquoi alors n'a-t-il pas pris des mesures contre ce calomniateur ? « Par bêtise. » A-t-il essayé d'éclaircir les raisons de cette accusation ? Non, il a considéré que c'était juste une manifestation de l'aigreur de ce Vitkévitch, et il ne s'en est plus soucié. Savait-il qu'il y avait des charges par ailleurs qui pesaient contre Vitkévitch ? Oui, on l'en avait informé. Avait-il transmis cette information à l'Oguépéou ? Non. Pourquoi ? Il pensait que la personne qui l'avait informé transmettrait elle-même. A-t-il vérifié que cela avait bien été le cas ? Non. Est-ce qu'il trouve ça normal ? Non, à présent il se rend compte que c'était une erreur. D'entrée, alors qu'il a dans cette affaire montré des sentiments humains, d'indifférence devant la calomnie et de refus de la délation, il est placé dans la position de celui qui a menti par omission à ceux à qui il faut tout rapporter puisqu'ils sont là pour tout savoir, tout entendre.

Et il va se mettre dans une situation pire encore, un peu plus tard, en revenant par écrit sur ces premières déclarations. En fait, il a découvert le contenu de la note de Goudiakov le treize janvier, lors de l'interrogatoire, ce qui lui a fait perdre ses moyens. Ce papier, il n'avait pas eu le temps de le lire, il était très occupé quand on le lui avait transmis, il avait vaguement vu qu'il s'agissait d'incartades de Vitkévitch, il l'avait fourré dans un tiroir et oublié ensuite. La mouche se débat et s'englue plus encore dans la toile, sous le regard des deux araignées de la Guépéou. Lesquelles le cuisinent ensuite à propos de son attitude pendant la guerre civile. Apressian et Gazov sont étonnés, ou feignent de l'être, par le fait qu'il est resté dans la région de Dmitriev quand les Blancs ont pris la ville. Pourquoi alors, quand on lui a demandé s'il avait été chez les Blancs, a-t-il répondu que non ? Mais parce qu'il a compris la question au sens de « avez-vous été dans leurs rangs ? » Comment peut-il prouver qu'il n'a pas cherché à cacher le fait qu'il est resté en territoire blanc ? Mais il l'a mentionné dans le *curriculum vitae* rempli pour la candidature au Parti, en 1924... Il s'est planqué dans les environs de Dmitriev, chez un paysan nommé Bardine qu'il connaissait depuis 1910. Et quelles étaient ses opinions, à ce paysan ? Ni blanc ni rouge, indifférent politiquement. Alors comment expliquer qu'il se soit mis en danger pour le planquer ? Parce qu'il le connaissait, qu'il avait pour lui de la sympathie. Il est évident qu'une notion comme ça, la sympathie, ça n'éveille pas grand-chose dans la tête des deux hommes aux épaulettes bleues. Ou même, ça pue nettement le menchévisme. Et pourquoi n'a-t-il pas cherché à gagner la région tenue par les Rouges ? Parce que sa femme, sa première femme, Ioulia Bolotova, était malade, à Dmitriev, et qu'il ne voulait pas que la ligne de front les sépare. Vraiment, c'est pour une raison aussi insignifiante qu'il n'a pas rejoint les Rouges ? Il ne trouve pas que la maladie de sa femme soit une raison insignifiante. Les deux haussent les sourcils, laissent tomber les coins de la bouche en une moue méprisante. Admettez-vous, lui demandent-ils pour conclure cet interrogatoire-là, du dix-sept janvier, que vos réponses ne sont pas de nature à inspirer la confiance ? À une question formulée de cette façon, rétorque-t-il, je refuse de répondre. Il n'est pas encore prêt à tout accepter, pas encore brisé.

Trois semaines plus tard, le neuf février, il l'est. Apressian et Gazov ont bien travaillé. Le vingt janvier, ils lui ont communiqué l'acte d'accusation : organisation et direction du travail de sabotage contre-révolutionnaire dans le Service hydro-météorologique de l'URSS, comportant la fabrication de prévisions sciemment fausses afin de nuire à l'agriculture socialiste, et la désorganisation ou la destruction du réseau des stations, particulièrement celles chargées de prévenir les sécheresses ; à ces charges ils ont ajouté, pour faire bonne mesure, le recueil de données secrètes à des fins d'espionnage. Le vingt janvier, il ne se reconnaît pas coupable. Mais le neuf février, il signe, comme tant d'autres avant et surtout après lui, une longue et terrible confession qui commence par ce préambule : « Tenant compte de mon repentir sincère et de mon regret d'avoir agi criminellement contre le Parti, le pouvoir soviétique et la classe ouvrière, j'espère dans l'avenir, si on me laisse en vie, expier pleinement ma culpabilité par le travail honnête et intensif pour le bien du pays soviétique, et je déclare ce qui suit. » Cette façon d'évoquer lui-même la mort qui le menace, de l'accepter ainsi, à l'avance, comme juste – « si on me laisse en vie » – est glaçante. Si on me fait la faveur de me laisser en vie...

Il reconnaît avoir dirigé, dans le Service hydro-met, l'organisation contre-révolutionnaire de sabotage qui se donnait pour objectif de retarder le développement de l'agriculture socialiste. Il dit avoir été recruté par Moïse Wolfe, ce qui évite au moins de compromettre quelqu'un de vivant, puisque Wolfe a déjà été fusillé, en 1933. Le détail de sa confession sur ce point est intéressant : « Ayant compris, écrit-il, que je ne sympathisais pas avec la politique du Parti dans l'agriculture, surtout avec la dékoulakisation sévère de ceux que je ne considérais pas comme koulaks, Wolfe m'apprit qu'il existait une organisation contre-révolutionnaire... » Si on se souvient que les exécutions et déportations dues à la « dékoulakisation » se chiffrent par millions, on peut espérer et croire que sur ce point la confession de Vangengheim est sincère. Il donne ensuite (ou plutôt, les « juges d'instruction » de la Guépéou lui dictent) quantité de détails sur ses activités supposées de sabotage, visant toutes à priver l'agriculture des moyens de prévision du temps, et spécialement des sécheresses. On sent qu'il faut trouver des boucs émissaires pour les récoltes désastreuses et les hécatombes humaines.

Parallèlement, on instruit l'affaire d'espionnage. Là, l'accusateur est un membre du Service d'hydrologie de Léningrad, Pavel Vassiliev, qui prétend avoir été recruté pour fournir des renseignements sur les aérodromes de la zone frontalière et les forts gardant les approches maritimes de Cronstadt. Ce Vassiliev est extrêmement bavard et donne quantité de calibres de pièces d'artillerie et de noms d'informateurs supposés. Et puis voici que le vingt-trois février, dans une adresse au procureur, et de nouveau le dix-sept mars, dans un mémorandum adressé au Collège judiciaire de l'Oguépéou, Vangengheim revient sur ses aveux. Les témoignages de Loris-Mélikov, Kramaleï et Vassiliev, écrit-il, sont de faux témoignages accréditant la fiction d'une organisation contre-révolutionnaire qui en vérité n'existe pas. Ils ont été « contraints par la méthode des interrogatoires » : malheureusement il n'en dit pas beaucoup plus, et dans un style si entortillé qu'il est difficile aujourd'hui d'en retirer une idée bien nette (mais sans doute les chefs de l'Oguépéou comprenaient-ils parfaitement cette langue, sans doute y déchiffraient-ils les effets rhétoriques de la peur : le détenu veut protester contre la façon dont il a été traité, mais il n'ose le faire trop ouvertement, il accuse à demi-mot ses interrogateurs tout en couvrant d'éloges rituels la police politique dont ils sont membres ; c'est ce qu'on appelle des contorsions). Les méthodes d'interrogatoire « ont sûrement donné des résultats exceptionnels qui ont fait la gloire de l'Oguépéou », dit Vangengheim, il ne faudrait pas qu'une « page d'erreur » vienne gâcher ça, il faut au contraire « remplacer une page d'erreur par une nouvelle page glorieuse prouvant l'infaillibilité de l'Oguépéou ». Or, « chaque jour avec les méthodes actuelles et chaque nouvelle confrontation serrent un peu plus le nœud de mensonge, en dépit de la volonté et de la conscience de ceux qui mènent l'instruction ».

À vrai dire ces rétractations, mal écrites, mal argumentées, sont des textes où l'on sent la panique, pas seulement et sans doute même pas d'abord la panique justifiée à l'idée du destin qui l'attend – la mort ou la déportation –, mais aussi et surtout la panique intellectuelle où le jette le fait que plus il joue le jeu du mensonge et plus il est crédible, quand la vérité l'est de moins en moins, la panique morale qu'il éprouve à sentir que c'est se déclarer coupable qui peut lui valoir une très relative indulgence, tandis qu'affirmer son innocence le perd (ici, c'est une autre citation de Shakespeare qui vient à l'esprit, le *fair is foul and foul is fair* que profèrent les sorcières de *Macbeth* : « l'impur est pur, le pur impur »). Pourtant, son innocence, il la proclame de nouveau, revenant sur ses faux aveux. « Pour un vrai coupable, ce genre de démarche ne pourrait s'expliquer que par l'idiotie ou la folie. » Je pense que c'est cette perversion-là surtout qu'il désigne quand il met en cause « la méthode des interrogatoires » : une brutalité logique plutôt que des brutalités physiques, une inversion angoissante du vrai et du faux. C'est ce qui rend émouvants ces textes : on y voit un homme, en se débattant, s'enfoncer dans les sables mouvants. Et il y a tout de même, à côté de beaucoup de confusion, de méandres, de répétitions tâtonnantes, des phrases qu'on n'est pas habitué à lire dans les documents soviétiques de ces années-là, et qui montrent qu'il ne rentre décidément pas dans le rôle de saboteur-espion repenti qu'on veut lui faire jouer, qu'il a endossé dans un moment de faiblesse : « Les innocents arrêtés font dans la plupart des cas de faux aveux », « il existe inévitablement nombre de cas où des innocents ont été accusés tandis que de vrais criminels échappaient à la justice ». Émouvante aussi est la conscience qu'il a que sans doute la partie est perdue : « Il est bien possible que mes forces soient insuffisantes pour venir à bout de l'ordre des choses établi depuis des années. » Et il termine en latin : *Feci quod potui, faciant meliora potentes*, « J'ai fait ce que j'ai pu, que ceux qui peuvent fassent mieux » (phrase qu'on trouve dans la bouche de Koulyguine, le mari de la Macha des *Trois Sœurs*). « Ma conscience est pure. »

Il a fait ce qu'il a pu, mais il ne pouvait rien, de toute façon la partie était perdue. En vérité il n'y avait aucune partie, l'issue était décidée d'avance. Le vingt-sept mars, le Collège de l'Oguépéou examinant le dossier n° 3039, celui des accusés Vangengheim, ex-noble, accusé selon l'article cinquante-huit, paragraphes six (espionnage) et sept (sabotage économique), Kramaleï, ex-noble, Loris-Mélikov, ex-noble, Nazarov, fils de koulak, accusés selon l'article cinquante-huit, paragraphe sept, arrête que Vangengheim, au titre du 58.7, est condamné à dix ans de camp de rééducation par le travail. L'instruction du 58.6 est remise à plus tard. Kramaleï, Loris-Mélikov et Nazarov prennent chacun cinq ans.

8

Maintenant que Vangengheim va quitter pour toujours Moscou, puisque toute la suite et la fin de cette histoire, son histoire, vont se dérouler dans une petite région au nord-ouest de la Russie, à l'est de la Finlande, tentons d'en esquisser la carte avec des mots. Dans l'extrême coin oriental de la Baltique, Léningrad. À environ cinq cents kilomètres au nord-est, sous le cercle polaire, la mer Blanche, qui est comme une grande baie presque fermée de la mer de Barentz. Sur sa côte orientale, Arkhangelsk, au milieu, l'archipel des Solovki, sur la côte ouest la bourgade de Kem. Sur l'isthme entre les deux mers, deux grands lacs, le Ladoga et l'Onéga, que traverse le canal Baltique-mer Blanche. Sur les bords du lac Onéga, tout au nord la ville de Medvejégorsk, « capitale » du *BelBaltLag*, le complexe de camps du canal ; un peu plus au sud Pétrozavodsk, capitale de la République socialiste de Carélie. C'est une terre striée, rabotée par l'érosion glaciaire, criblée de lacs, couverte de forêts. C'est une terre gorgée de sang, ensemencée de morts : morts des nombreux camps qui y furent établis, fusillés de la Grande Terreur des années 1937-1938, particulièrement féroce dans cette région frontalière et ethniquement non russe, donc doublement suspecte, tués des guerres russo-finlandaises entre 1939 et 1944, et des répressions qui suivirent.

9

Le huit mai 1934, quatre mois exactement après son arrestation, le détenu Alexeï Féodossiévitch Vangengheim est incorporé à un convoi à destination du SLON, « camp à destination spéciale des îles Solovki ». La veille, on a autorisé sa femme à le visiter à la Loubianka. C'est la première fois qu'elle le voit depuis ce jour de neige où elle l'a attendu en vain sous la colonnade du Bolchoï. C'est aussi la dernière. Varvara Ivanovna a apporté une photo de leur fille Éléonora, ainsi nommée en souvenir de la fille de Marx, et qui n'a pas encore quatre ans. « Tu es venue chez moi comme un petit soleil clair », écrit-il à Varvara à son arrivée, le onze, au camp de transit de Kem, « et il est toujours devant moi ». Il calcule qu'il sortira en 1944, à soixante-deux ans...

Le camp des îles Solovki passe pour être le premier camp du Goulag (c'est ainsi que je l'ai moi-même présenté au début de ce livre), ce qui n'est pas complètement exact : des camps avaient été ouverts dans la région d'Arkhangelsk (Kholmogory, Pertominsk) avant qu'en 1923 la Tchéka n'expulse les moines du monastère des Solovki, y mettant un peu le feu au passage, et n'y installe le SLON. Même si c'est sous Staline qu'ils ont connu un développement monstrueux, les camps étaient une conséquence inévitable, et précoce, du léninisme. Mais le camp des Solovki a éclipsé, si on ose dire, ses concurrents, peut-être en raison de la forte charge sacrée du lieu – le monastère était un des grands lieux de pèlerinage de la Russie –, et surtout parce que c'est là que fut imaginée l'idée de faire servir la masse sans cesse croissante des déportés à l'industrialisation forcenée de l'Union soviétique, et que furent mises au point les techniques de dressage permettant l'exploitation à mort de cette immense force de travail. Ainsi, pendant les années vingt, les détenus convergent de toute la Russie vers les îles ; à partir du début des années trente, s'ils continuent d'arriver par convois entiers, ils en repartent aussi, contingents d'esclaves expédiés vers les grands travaux du continent, mines de Vorkouta ou de Norilsk, chantiers forestiers de Carélie, et d'abord le percement meurtrier du BBK, *Belomorsko-Baltiskii Kanal*, le canal Baltique-mer Blanche. « Toute la partie nord de l'archipel, dit Soljénitsyne, a été engendrée par les Solovki » : coïncidence qui fait de l'archipel (géographique) des Solovki la matrice de l'archipel (métaphorique) du Goulag. L'écluse par laquelle passe ce mouvement de marée humaine est le camp de transit de Kem, sur la côte carélienne : c'est l'embarcadère pour les îles, le lieu où l'on attend, quand la mer est gelée, le retour de la navigation, c'est, dans l'autre sens, le débarcadère, d'où les zeks sont envoyés vers les camps de travail du nord de la Russie.

Il faut en général entre trois et quatre jours de train pour aller de Moscou à Kem (mais il arrive que cela prenne le double). Je suppose qu'on l'entasse avec une centaine d'autres dans un wagon de marchandises, comme c'est l'usage. Un de ces wagons que le soi-disant camarade Roussanov se plaignait de n'avoir pas en assez grand nombre, selon la *Pravda* du jour de son arrestation... Mais là, pour ce train-là, cette marchandise-là, des hommes, des femmes, du matériel humain, on a sûrement trouvé les wagons qu'il faut. Toutes ses affaires tiennent dans un grand mouchoir – cela lui évitera de se les faire voler par les droits-communs, ennemis jurés et hantise des politiques. Être dépouillé par les *ourkas*, les truands, la pègre, c'est une initiation au camp presque inévitable. On lui donne, comme aux autres, une ration de poisson séché et de pain noir. Pour boire l'eau chaude, il n'a pas de tasse, un voisin lui en prêtera peut-être une. Et pour chier, eh bien il y a un seau puant au milieu du wagon, qu'on vide aux arrêts, quand l'escorte le permet, il faudra qu'il s'y habitue, l'ex-noble ex-camarade. Mais peut-être aussi voyage-t-il en wagon cellulaire « Stolypine », du nom du Premier ministre de Nicolas II, ce n'est pas le luxe, on ne peut pas dire ça, mais c'est quand même un peu moins affreux que le pur et simple wagon à bestiaux, c'est de la déportation d'Ancien Régime. Il a pu alors, comme Evguénia Guinzbourg qui le raconte dans *Le Vertige*, apercevoir à travers la fenêtre grillagée, dans chaque petite gare des environs de Moscou, les banderoles rouges dénonçant les « saboteurs »...

L'express « Arktika » Moscou-Mourmansk, de nos jours, met exactement vingt-quatre heures avant de s'arrêter, en pleine nuit, à Kem. C'est un train très confortable, plutôt lent, comme tous les trains russes, mais cette lenteur a son charme, elle permet de contempler à loisir un paysage de forêts et de lacs que l'interminable crépuscule, au printemps, fait scintiller d'ors, de pourpres, de violets délirants. La *provodnitsa*, la chef de wagon, est une grosse mère souriante, ce qui est loin d'être le cas le plus fréquent. Elle brode avec application, en dépit des cahots, le dessin d'un baiser langoureux au centre d'un napperon de dentelle. Mon voisin de compartiment, un grand dadais blond au sourire d'enfant, garde-frontière entre Mourmansk et Kirkenès, partage généreusement le *viski* de sa gourde. Débarquer à Kem à une heure du matin, c'est arriver un peu au-delà du bout du monde. Le jour venu ne modifie pas fondamentalement cette impression. Kem est une bourgade très décatie sur l'estuaire de la rivière du même nom. Il y a une très belle église en bois qui tombe en ruine. L'ancien siège de l'Oguépéou abrite aujourd'hui un vaste bistro assez sinistre, mais c'est quand même plus sympathique qu'avant. L'endroit où se trouvait le camp de transit est à une vingtaine de kilomètres de là, au lieu dit Rabotchéostrovsk, « l'île des Travailleurs ». Alors là, c'est le rivage des Syrtes... Isbas déglinguées et barques pourrissantes sur le rivage, entre des cabanes et des citernes rouillées. On a, paraît-il, vendu les droits de pêche à Mourmansk ; le fait est en tout cas qu'il n'y a pas un bateau sur l'eau. Une chapelle de bois assez cabossée au bout d'une petite langue rocheuse. En dessous, une estacade écroulée. Plus loin, les restes d'un môle rustique plongent sous l'eau, gabions de troncs d'arbre emplis de pierres. Le chemin côtier emprunte le tracé de la bretelle ferroviaire qui menait de la gare jusqu'à l'entrée du camp. On voit encore, enfoncées dans le sol sableux, des traverses, et sur les côtés les pierres du ballast. (Émotion de voir se matérialiser des choses qui viennent de la double immatérialité du passé et des lectures : ce qui est advenu il y a très longtemps, que je ne connais que par des livres, en voici la trace concrète, ici et maintenant.) À la descente des wagons, on était accueilli à coups de poing et de crosse, d'après les souvenirs de l'écrivain Oleg Volkov. Il y avait là des baraquements laissés par l'armée britannique venue prêter main-forte aux Blancs pendant la guerre civile. Dedans, le décor qui n'était pas encore devenu habituel dans la vie russe : les châlits, les poux, les punaises, les odeurs, la violence des *ourkas*. Des photogrammes de l'époque (car, contrairement aux autres camps, celui des Solovki fut exhibé par la propagande soviétique) montrent le débarquement d'un convoi, hommes et femmes portant valises, cabas et gros baluchons, surveillés par des soldats en casquette et hautes bottes, le fusil tenu devant eux.

Alexeï Féodossiévitch a été un de ceux-là, un de ces pauvres hères qui passent par le portail surmonté d'une étoile rouge et de l'inscription *KEMPERPUNKT*, abréviation pour *Kemski Pérésylny Pounkt*, « Poste de transit de Kem ». Il arrive le onze mai. Il va y rester un mois. Il écrit plusieurs longues lettres à sa femme (il lui en écrira cent soixante-huit pendant ses années de détention). Il se soucie pour Éléonora, leur fille. « Si je n'arrive pas à obtenir cette année la révision de mon dossier, écrit-il, tu devrais donner à petite Élia ton nom de famille. Elle sera plus à l'aise mais pour moi elle restera toujours ma petite Élitchka, ma petite étoile. Sinon elle aura des problèmes à l'entrée à la maternelle et dans les établissements scolaires. » Elle connaîtra un temps encore plus intéressant que le nôtre, dit-il. Prends soin d'elle et de toi, dit-il encore, vous êtes ma vie. La force d'âme nous aidera à surmonter la douleur de la séparation. En prison, ajoute-t-il, il s'est rappelé toute sa vie, et il s'est aperçu que cela faisait trente-cinq ans qu'il avait renoncé volontairement à tous les privilèges de la classe où il est né. Il a renoncé à l'aide matérielle de son père, préférant la pauvreté de la vie d'étudiant. Avoir la conscience en paix vis-à-vis de la classe ouvrière depuis trente-cinq ans, et vis-à-vis du pouvoir soviétique depuis seize ans, dit-il, lui donne force et courage.

Le camp n'est pas que violence. Plutôt, il est en soi une pure violence, mais il abrite des espaces, des moments où survit une utopie éducative. C'est une chose difficile à comprendre dans l'histoire du camp des Solovki, dont celui de Kem est l'antichambre : au sein de la plus extrême brutalité, et d'abord de celle qui prive arbitrairement de liberté des milliers d'innocents, subsistent de brefs interstices où l'esprit peut se réfugier, comme des clairières dans une forêt obscure : la bibliothèque, où Vangengheim va travailler, est un de ces lieux, comme le théâtre et les conférences. C'est ce qui fait la singularité des Solovki, qui explique aussi que la propagande soviétique des années vingt ait monté leur exemple en épingle. Gorki, par exemple, a fait un tour aux Solovki en 1929 (entre deux séjours sur la côte amalfitaine !) ; comme à Herriot en Ukraine, on ne lui a montré que des spectacles édifiants, et il en est revenu enchanté et l'a fait savoir, bien sûr, puisque c'est ce qu'on attendait de lui. Cette singularité va s'amenuisant avec les années, mais elle demeure encore au milieu des années trente. Après, on est passé à des choses autrement plus sérieuses, mais alors, il ne s'agissait plus de les montrer. Vangengheim, donc, fait des conférences sur « la conquête de la stratosphère » – il en connaît un rayon. Et il est réconforté lorsque des détenus le saluent respectueusement dans une allée du camp, l'appelant « Professeur ». Ce qu'on supporte moins bien que tout, sans doute, c'est la perte de la considération.

Un jour, à la radio, il entend une interview de Schmidt, le « héros de l'Arctique », fraîchement rescapé. « Tu ne peux imaginer mon état », écrit-il à Varvara Ivanovna. « Son expédition n'était qu'une des composantes de cette année polaire à laquelle j'ai consacré tant de forces et de temps, et tandis qu'il reçoit éloges et médailles, moi je n'arrive pas à obtenir qu'on m'entende... » Il a écrit à Staline, à Kalinine, et n'a pas de réponse. Il ne peut croire que sa lettre restera ignorée. « Le neuf mars j'ai écrit au camarade Staline que je n'ai pas perdu et ne perdrai jamais ma confiance dans le Parti. Il y a des moments où je perds cette confiance, mais je lutte et ne me laisserai pas abattre. » Il y a des moments où l'emportent l'humiliation d'être désormais quelqu'un à qui on ne répond pas, la conscience de l'impuissance folle. Il y a des circonstances où l'on acquiert une connaissance vraie de soi-même et des autres. Gorki, dit-il, qui a chanté l'homme fier, Gorki « notre Voltaire soviétique », ne peut-il pas montrer concrètement qu'il est capable de se battre pour l'honneur d'un communiste ?

Le dix juin 1934, le bateau *Oudarnik*, « Travailleur de choc », l'emmène avec un contingent de détenus vers les îles Solovki. Au bout de quelques heures de navigation les cathédrales blanches surgissent de la mer, crêtent l'horizon, s'élèvent, comme tirées par les clochers-montgolfiers, se reflètent dans le verre pâle de l'eau, sous un banc de nuages immobiles, puis la ligne des murailles du *kremlin*, la forteresse, se dessine entre les tours trapues, chapeautées de bois argenté, le cerne sombre de la forêt s'allonge tout autour : ce très lent spectacle, très beau, a-t-il le cœur de s'y abandonner ?

10

Iouri Tchirkov a quinze ans lorsqu'il est accusé, de façon extravagante, d'avoir projeté de dynamiter des ponts et préparé l'assassinat de Kossior, secrétaire général du parti communiste d'Ukraine (qui ne perd rien pour attendre, il sera fusillé en 1939), et celui de Staline lui-même. On est en pleine folie à la suite de l'assassinat, bien réel celui-là, de Sergueï Kirov, chef du Parti à Léningrad et possible rival de Staline. Le premier septembre 1935, le lycéen Tchirkov, condamné pour terrorisme, débarque aux Solovki. C'est un adolescent plutôt chétif, mais doué d'une intelligence, d'une curiosité et d'une volonté exceptionnelles, et, au-delà, de ce qu'il faut bien appeler une extrême disposition au bonheur (ce bonheur dans lequel Babel voyait « un trait de caractère » des bolchéviks...), quelles que soient les circonstances. Celles qui s'offrent à lui n'ont rien de spécialement réjouissant, n'importe, il est décidé à ne rater aucune occasion de s'émerveiller et d'apprendre. L'apparition du monastère flottant sur une écharpe de brouillard, brillant dans le soleil levant tandis que le *Travailleur de choc*, au petit matin du premier septembre, s'engage dans la baie de la Félicité, lui fait oublier un instant l'horreur de sa condition : un enfant encore, seul, séparé des siens, jeté pour de longues années dans le monde des camps (il n'en sortira définitivement que vingt ans plus tard, après la mort de celui qu'il a prétendument voulu assassiner). On se balancerait à l'eau pour moins que ça.

Lui, non. Son jeune âge, sa faiblesse physique lui épargnent les travaux de force, l'abattage et le débitage des arbres. Il devient bientôt aide-bibliothécaire. Car il y a une bibliothèque dans le camp, et même une grande bibliothèque – trente mille volumes, dont plusieurs milliers en langues étrangères, français, allemand et anglais surtout. Une partie de ces livres proviennent des détenus eux-mêmes, soit qu'ils les aient apportés avec eux, soit que leur famille les leur ait envoyés. Les Solovki, dans les années vingt, étaient la capitale de la vieille Russie, des *byvchie*, les gens d'autrefois. Les personnages des récits de Tchékhov se seraient (se sont) tous retrouvés là. Gens qui lisaient, avaient des livres. Dans les années trente, la proportion de ci-devant ou d'intellectuels est devenue moindre, parce qu'il y a un plus grand nombre d'hostelleries socialistes pour les accueillir, on a ouvert beaucoup d'autres établissements, et puis surtout on a commencé à déporter en masse les paysans, ça fait du monde. Mais il y en a encore beaucoup, des *byvchie*, et de toute façon les livres des prédécesseurs sont restés. Et puis dans les premiers temps, une époque presque idéaliste par rapport à l'âge policier dans lequel on s'enfonce, il est arrivé que l'administration du camp elle-même fasse venir des livres. En fin de compte ils provenaient des mêmes fonds, les bibliothèques des ennemis du peuple, saisies avec tous leurs biens, et il est arrivé qu'un détenu retrouve son ex-libris sur un volume emprunté au camp. Bref, il y a une grande bibliothèque aux Solovki, logée sous les toits du kremlin, le monastère-forteresse, et Iouri Tchirkov va y travailler, et il va côtoyer là, pendant deux ans, celui qu'il appelle avec respect le « professeur Wangenheim », et qui est responsable de la section en langues étrangères.

À peine arrivé, voyant qu'il est entouré de gens savants, Iouri décide qu'il ne va pas laisser ces années être des années perdues, que le camp va être son université, et il se fixe un programme d'études digne du concours d'entrée d'une grande école : mathématiques, physique, allemand (il veut pouvoir lire Goethe et Schiller), histoire ancienne avec Mommsen, histoire de la Russie, géographie physique et économique... pour commencer (après, il y aura le français, l'économie, l'étude des « Constitutions des pays bourgeois »). Et c'est le « professeur Wangenheim » qui va lui enseigner les mathématiques et la physique. Dans les souvenirs, passionnants, qu'il a laissés de sa vie dans les camps, Iouri Tchirkov fait, par petites touches, un portrait du « professeur » : sérieux, un peu raide, pas très porté sur la plaisanterie, contrairement à ce que croit se rappeler sa fille. Il ressemblait, dit-il, au portrait de Herzen par Nikolaï Gay – lequel, avec son grand front, sa barbe et des cheveux gris, a quelque chose de Victor Hugo. Iouri a de l'admiration pour lui, mais il ne semble pas qu'il y ait jamais de familiarité entre eux. Sa mémoire trompe un peu Tchirkov quand il donne, parmi les raisons de l'arrestation de son professeur de mathématiques, la chute du stratostat *Osoaviakhim*, qui est survenue alors qu'il était déjà depuis trois semaines à la Loubianka. Il en évoque une autre, qui est après tout bien possible dans le monde sinistrement loufoque du stalinisme : dans un congrès scientifique international qu'il présidait, il aurait, contrairement aux instructions d'en haut, prononcé un discours d'introduction en français et non en russe. En tout cas, « très cultivé, il parlait à la perfection le français et l'allemand ». Il avait, dit Tchirkov, un caractère difficile, et n'avait pas vu d'un bon œil, au début, l'arrivée d'un adolescent, supposé désordonné et bruyant, dans le microcosme réglé et silencieux de la bibliothèque. Il apparaît comme un type pas toujours très généreux (il ne partage pas les provisions qu'il reçoit de sa femme), mais capable de « chausser ses souliers des grandes occasions » pour aller engueuler l'administration du camp lorsqu'elle prétend empêcher Iouri de se rendre à l'unique « parloir » qu'il aura jamais avec sa mère (elle mourra bientôt, et son père aussi). Il semble n'avoir pas perdu sa foi communiste, en dépit de tout : un jour, dans une discussion, il s'emporte parce qu'il ne veut pas admettre que les grades, supprimés après la Révolution, puissent être réintroduits dans l'Armée rouge.

Piotr Ivanovitch Weigel est un des autres professeurs de Iouri, qui lui apprend l'allemand. C'est un prélat catholique né à Saratov, parmi les Allemands de la Volga, il a étudié à Göttingen puis à l'Université grégorienne à Rome avant de devenir missionnaire au Paraguay et dans la haute Amazonie, aux confins du Brésil et du Pérou : c'est une éminence qui a tâté des serpents et des flèches empoisonnées. Envoyé en URSS par le Vatican pour enquêter sur la situation des catholiques, il a été arrêté et condamné pour une quantité extraordinaire de délits, espionnage, sabotage, propagande contre-révolutionnaire et même insurrection armée... Outre le russe et l'allemand, il parle l'italien, l'espagnol et l'anglais, lit le latin, le grec et l'hébreu. À la bibliothèque se croisent nombre de personnalités remarquables. Destins fracassés, chemins qui n'auraient jamais dû se rencontrer, que lie en gerbe, sur une île voisine du cercle polaire, le poing de fer de l'arbitraire. Certains survivront, comme Tchirkov, et pourront témoigner, d'autres, la plupart, mourront. Piotr Ivanovitch Weigel n'est pas le seul prélat, il y a aussi Chio Batmanichvili, un évêque géorgien qui a traduit Dante dans sa langue ; Pavel Florenski est à la fois un pope et un esprit encyclopédique, deux qualités qui ne font pas toujours bon ménage. Ami de Biély, philosophe, mathématicien, physicien, chimiste, naviguant avec aisance entre théologie et théorie de la relativité… Il a travaillé avec les bolchéviks dans des institutions scientifiques ou industrielles, ce qui ne l'a pas empêché d'être arrêté en vertu de l'article cinquante-huit, paragraphe dix (propagande antisoviétique et contre-révolutionnaire). Il s'occupe aux Solovki d'une petite unité, qu'il a conçue, d'extraction de l'iode à partir des algues.

Il y a les religieux, il y a les musiciens, Léonid Privalov, un des meilleurs barytons russes, chanteur au théâtre Kirov (l'actuel Mariinski) et à l'Opéra de Bakou, le pianiste Nikolaï Vygodski, ex-professeur au conservatoire de Moscou, Chtcherbovitch, premier violon de l'orchestre du Bolchoï, il y a l'orchestre tsigane dirigé par le roi des Tsiganes en personne, Gogo Stanescu dit encore Trifolo le Mardulako, condamné lui aussi en vertu d'un « bouquet » très fourni de paragraphes de l'article cinquante-huit (espionnage au profit de la Roumanie, terrorisme, propagande antisoviétique, etc.). Il y a Les Kourbas, célèbre metteur en scène ukrainien, qui a été chassé en 1933, pour avant-gardisme coupé des masses, du théâtre « Bérézil » (« Printemps ») qu'il a fondé à Kiev. Il y a des ingénieurs et des philosophes, Pavel Ivensen qui s'en tirera et deviendra bien plus tard le concepteur de la fusée « Proton », et un ami des animaux, Mikhaïl Bourkov, qui a lancé une tourte aux tripes sur la grosse voiture noire d'une huile du Parti qui venait d'écraser un petit chien, et n'en réchappera pas. Il y a des médecins, le professeur Ochman de Bakou qui a cassé par mégarde un buste de Staline, Grigori Kotliarevski un philologue devenu commissaire politique de la flotte de la mer Noire et qui dirige débonnairement la bibliothèque jusqu'à la « reprise en main », en janvier 1937, où il est viré en même temps que Vangengheim, des « latinistes ukrainiens récitant du Virgile », un « espion » japonais qui fait office de coiffeur du camp, un ex-officier autrichien, cavalier émérite, qui a tué à coups de hache plusieurs truands qui s'en prenaient à lui, un communiste allemand, Hermann Kupferstein, qui a trempé dans l'assassinat du jeune « martyr » du parti nazi, Horst Wessel, un ancien secrétaire hongrois du Comité exécutif du Komintern devenu gardien du phare des Solovki. Il y a le dernier prince Jagellon, descendant des grands-ducs de Lituanie et des rois de Pologne et de Hongrie, vieillard chauve, rougeaud, malpropre, vorace, courtois, qui meurt d'indigestion sur son châlit un soir où il a réussi à toucher trois rations de pain.

C'est une petite société bigarrée, cultivée, cosmopolite, qui gravite dans les alentours de la bibliothèque. En marge du camp, mais nullement clandestine, acceptée par l'administration, encouragée même, pendant longtemps. À côté des travaux épuisants, des misérables rations de pain et de lavasse, des isolateurs glacés et des exécutions, il y a aussi cette vie, vestige d'un temps révolu. C'est le paradoxe du SLON, le « camp à destination spéciale des Solovki ». C'est une histoire difficile à comprendre – je ne prétends pas l'avoir complètement, parfaitement comprise. Dans aucun des innombrables camps du Goulag on ne retrouvera cette singularité des Solovki. Un évêque catholique érudit y côtoie un ancien chef des sections d'assaut du parti communiste allemand, un austère météorologue y croise un roi des Tsiganes. Une violence politique extrême les a jetés là, sur cette île que les glaces environnent six mois par an, qu'enveloppe la longue nuit d'hiver drapée d'aurores boréales, un déni extrême de justice les a arrachés à leur famille, leur métier, leur maison, à toutes les choses petites et grandes dont on fabrique une vie et dont le souvenir les poursuit ; mais cette violence, ce déni de justice laissent subsister, un temps au moins, la possibilité d'une existence humaine. Il y a le théâtre, où Les Kourbas monte Ostrovski ou Labiche à côté de pièces édifiantes, il y a des concerts – on joue du Brahms et le deuxième concerto de Rachmaninov en annonçant du Tchaïkovski, pour dissimuler le fait qu'on ose interpréter la musique d'un émigré –, il y a pendant un temps une « société d'études régionales » qui s'intéresse à la faune ou à l'archéologie des îles. Et il y a, donc, les livres, venus des anciennes bibliothèques de Pétersbourg, de Kiev ou de Moscou, déportés avec leurs lecteurs, et qui vont être des amis plus fidèles que beaucoup. Des classiques russes, bien sûr, mais aussi étrangers, notamment beaucoup de français – le français est encore une grande langue en Russie –, Stendhal, Balzac, Hugo... J'ai retrouvé dans la bibliothèque d'un village à quelque cinq cents kilomètres au sud des Solovki, Ierstévo, les *Souvenirs d'égotisme* et la *Vie de Henry Brulard* de Stendhal, avec le même portrait de profil que celui qui orne la première édition intégrale, en 1913, chez Édouard et Honoré Champion, et estampillés d'un tampon triangulaire violet « Bibliothèque SLON OGPU ». Tchirkov se souvient avoir eu entre ses mains une édition des *Misérables* annotée, en russe et en français, de la main de Tourgueniev et une édition originale de *La Pucelle d'Orléans* de Voltaire... Pendant son séjour aux Solovki il lit aussi bien la *Géographie universelle* d'Élisée Reclus que *La Chartreuse de Parme* ou l'*Histoire de Tom Jones* de Fielding. Et même, en juillet 1937, les deux premiers tomes d'*À la recherche du temps perdu*, « très à la mode à l'époque », dit-il... Il pouvait donc arriver que des livres relativement récents – les *Jeunes filles en fleurs* avaient paru en 1919 – parviennent jusqu'aux Solovki. Un jeune homme découvrant les intermittences du cœur de Marcel, Albertine et Andrée dans un camp soviétique ! Imaginant la plage de Balbec, le restaurant de Rivebelle, au beau milieu de la mer Blanche : pour improbable qu'elle soit, cette conjoncture s'est pourtant trouvée...

II

Ma confiance dans le pouvoir soviétique n'est nullement ébranlée, écrit Alexeï Féodossiévitch dans sa lettre du dix-huit juin 1934, alors qu'il vient de débarquer aux Solovki. Il est néanmoins étrange qu'il n'y ait aucune réaction à mes appels depuis cinq mois. Il a écrit à plusieurs reprises à Kalinine et à Staline. Kalinine est une vieille potiche, c'est une affaire entendue, un vieux bolchévik d'un modèle accommodant – tellement accommodant qu'il laissera envoyer sa femme au Goulag sans protester, en 1938 – mais il est tout de même président du présidium du Soviet suprême, il pourrait faire quelque chose. J'ai été désigné pour les travaux agricoles dans les serres, écrit-il encore. La journée de travail commence à six heures du matin et se termine à quatre heures de l'après-midi, cela fait dix heures sans arrêt ni pause. Ce n'est pas un travail trop dur, néanmoins, sa situation est très « privilégiée » par rapport à la grande masse des détenus qui travaillent à l'abattage et au flottage des arbres, car il a été reconnu comme malade des nerfs, il a des crises d'angoisse quand il est seul dans une pièce ou quand il regarde le ciel depuis un espace ouvert, un comble pour un météorologue. J'ai fait une conférence sur la conquête de l'Arctique, écrit-il encore. La nature est belle, mais le soleil chauffe très peu. Est-ce que le camarade Staline a reçu ma lettre ?

Ma confiance dans le pouvoir soviétique n'est pas ébranlée. Il écrit d'une petite écriture serrée, difficile à lire, sur des pages de cahiers d'écolier que lui envoie Varvara, sa femme. Le bas des pages trois et quatre est réservé aux dessins ou aux herbiers pour sa fille, de façon que Varvara puisse le plier et le couper pour le donner à Éléonora. Elle lui fait croire que son père est parti pour un long voyage d'exploration dans le Grand Nord. Je vis dans une cellule avec cinq autres personnes, écrit-il à Varvara, nous nous entendons bien. J'ai été reconnu comme appartenant à la troisième catégorie sanitaire (il y en a quatre, sans compter les invalides), mon travail n'est pas difficile, quand j'ai du temps libre je fais des mosaïques avec des éclats de pierre. Il est vite extrêmement habile dans cette technique, qu'il utilise à des fins inattendues : il fait des portraits de Staline. Le fait-il par conviction, ou bien pour leurrer l'administration du camp, et obtenir ainsi une autorisation de visite pour Varvara ? Pour que le camarade Staline l'apprenne et réponde à ses lettres, et lui fasse enfin justice ? De toute façon, aveuglement ou pauvre ruse, il y a quelque chose de sinistre à voir cet homme, ce savant, faire sans qu'on l'y oblige le portrait de celui au nom de qui il est crucifié. J'ai eu l'autorisation, écrit-il, d'envoyer à Élia un objet que j'ai fabriqué pour elle, une petite cassette décorée avec des pierres de l'île Popov, de la brique pilée et de la houille. Je lis peu, mais je compte faire un effort bientôt.

Akoulov, procureur de l'URSS, visite le camp, et passe voir ce condamné qui a le front de n'être pas content de sa condamnation, et de bombarder de protestations d'innocence les plus hautes autorités, jusqu'au camarade suprême. (Enfin, pour lors cet Akoulov est procureur de l'URSS, mais ce qu'il ignore, ce qu'ils ignorent tous deux, c'est qu'il sera fusillé trois jours avant le pauvre type dont il a la bonté de venir, sanglé dans son manteau de cuir, entendre les plaintes mal formulées, étranglées d'émotion.) Je ne suis pas content de moi, écrit Alexeï Féodossiévitch à sa femme, je craignais de faire une crise d'hystérie, j'avais pris des gouttes de valériane. J'ai oublié de dire des choses importantes, la moindre question me faisait perdre le fil de mes pensées. Akoulov est entré sans prévenir dans ma cellule, avec un groupe d'officiels, je venais de terminer un portrait de Staline avec des pierres de différentes couleurs, il était posé sur la table, je me suis senti très mal à l'aise car on aurait pu croire que je l'avais mis là exprès. Enfin, j'espère qu'il a compris toute l'horreur de ma situation. (On ne peut s'empêcher de penser que le mieux, pour ne pas se mettre dans de telles situations, serait de ne pas faire de portrait de celui dont Mandelstam, à la même époque, comparait les doigts à des vers et les moustaches à des cafards.)

Nous sommes cinq dans la cellule, écrit-il, des gens travailleurs, un jeune homme que j'aimerais aider à s'instruire. On est un peu serrés, mais à cinq c'est plus facile de garder la cellule, il y a toujours quelqu'un à la maison. Je n'ai toujours pas de réponse de Kalinine ni de Staline ni de la Commission de contrôle du Comité central. Je ne sais que penser. Je ne peux pas croire que personne ne se soucie de la vérité. Je respecte assez le Parti et le pouvoir soviétique pour garder l'espoir que tôt ou tard la vérité triomphera, cette croyance me soutient beaucoup. Il ne peut pas croire, il s'efforce de ne pas pouvoir croire, il sent probablement qu'il commence à douter, sept mois ont passé déjà depuis son arrestation, on est en juillet 1934, mais il sait que s'il laisse le doute prendre une petite place dans son esprit, rien ne le soutiendra plus.

On est en juillet, il fait très chaud, écrit-il, une chaleur presque méridionale. La mer scintille devant la vieille forteresse, apportant un songe de liberté. De huit heures du matin à dix-onze heures du soir, minuit quelquefois, je travaille à planter des arbres autour du kremlin, mais cela ne me fatigue pas trop, et me distrait de mes tristes pensées. Aucune nouvelle de mes appels à Staline et Kalinine. Je ne sais que penser. Je crains en mon âme que personne ne se soucie de la vérité. Des doutes horribles m'assaillent malgré moi, pour l'instant je les repousse mais c'est dur. Je travaille beaucoup, intellectuellement je ne fais rien mais avec le temps je m'occuperai sérieusement. Avec le temps... Il commence à comprendre qu'il se pourrait qu'il soit là pour longtemps. Je vis avec des gens très différents de moi, écrit-il. Récemment en lavant le plancher j'ai eu un malaise et l'Ukrainien (le répartiteur) m'a dispensé de continuer. Est-ce que tu es allée chez Gorki ? Ici, on dit du mal de lui, on se souvient de son voyage. Le voyage qu'évoque Alexeï Féodossiévitch, c'est celui de juin 1929, qui a vu Gorki visiter le camp en famille, avec son fils et sa belle-fille tout de cuir noir vêtue, et revenir très content de son excursion. Quelques mois plus tard, il y a eu aux Solovki des exécutions en masse. On comprend que le « Voltaire soviétique » n'ait pas laissé un très bon souvenir chez les déportés. Depuis, il a fait bien plus pour le tourisme au Goulag : en août 1933, il a emmené cent vingt écrivains en croisière sur le canal Baltique-mer Blanche dont le percement, qui vient d'être achevé, a coûté la vie à quelques dizaines de milliers de zeks, venus surtout des Solovki. Cent vingt messieurs en complet blanc interrogeant les esclaves aux écluses : toi content, mon brave ? Toi bien rééduqué par le travail ? Ça a donné un livre qui vient de paraître, en 1934 : *Le Canal Staline mer Blanche-Baltique*. En France, Aragon a été enthousiasmé par « cette extraordinaire expérience » de réhabilitation par le travail. Alors Gorki... c'est comme Schmidt, il a d'autres chats à fouetter.

Je crains en mon âme que personne ne se soucie de la vérité. Je travaille aux plantations du kremlin, écrit Alexeï Féodossiévitch le vingt juillet, et là on a décidément un peu honte pour lui. On aimerait qu'il soit plus lucide, plus révolté, mais non, il continue à être un bon militant communiste, un bon Soviétique gavé d'idéologie, le sort qui lui est réservé, et qu'il n'est tout de même pas le seul à subir, ne semble pas ébranler ses convictions. Chaque parterre, écrit-il, raconte quelque chose pour l'édification du spectateur. En combinant les pierres et les fleurs, il fait un parterre avec l'étoile rouge, un autre avec le slogan « Le Travail est une affaire d'Honneur », qui en rappelle un autre, inscrit au fronton des camps nazis. Il travaille sur le portrait de Lénine et sur celui de Dzerjinski... Oui, même de Dzerjinski, le fondateur de la Tchéka ! Des révoltés, il y en a eu, telle cette femme extraordinaire, Evguénia Iaroslavskaïa-Markon, qui, infirme à la suite d'un accident, tenta tout de même de faire évader son mari, échoua, fut à son tour déportée aux Solovki, refusait toute obéissance, se mit un jour autour du cou une pancarte où elle avait écrit « Mort aux tchékistes ! », et finit fusillée, en 1931, non sans avoir craché au visage du commandant du camp. Mais lui, Alexeï Féodossiévitch, n'est pas un révolté. Ce n'est pas dans son tempérament, ni dans son éducation. Des nuages, ce ne sont pas ceux qui portent l'orage qu'il préfère. Et il fait un portrait du fondateur de la Tchéka... Moi qui écris son histoire, quatre-vingts ans après, j'hésite à rapporter ce trait lamentable, mais pourquoi ? Je préférerais qu'il soit intraitable comme Evguénia, je préférerais l'admirer, mais il n'est pas admirable et c'est peut-être ça qui est intéressant, c'est un type moyen, un communiste qui ne se pose pas de question, ou plutôt qui est obligé de commencer à s'en poser à présent, mais il a fallu qu'on lui fasse une violence extraordinaire pour qu'il en vienne là, timidement. C'est un innocent moyen. Dreyfus aussi était décevant, paraît-il, d'une autre façon. « Parce qu'il a été condamné injustement, disait de lui Bernard Lazare (cité par Péguy), on lui demande tout, il faudrait qu'il ait toutes les vertus. Il est innocent, c'est déjà beaucoup. »

J'ai été élu travailleur de choc, écrit-il, c'est pourquoi j'ai eu le droit en juillet de t'envoyer quatre lettres, c'est un stimulant très efficace. Il a un jour de relâche, il l'occupe à aller ramasser des champignons et des myrtilles, il finit le portrait de Staline en éclats de pierre, il en est content. Il est à l'hôpital, on lui soigne la main avec de la « lumière bleue », des ultraviolets, mais le médecin n'y croit pas trop. Il a été autorisé à prendre une douche quotidienne, il pense que ce traitement calmera ses nerfs. Il a été autorisé aussi à envoyer sur le continent un pince-nez cassé pour réparation. Il faut des autorisations pour tout, comme s'il était un enfant. Il essaie de lire un petit peu. Avec des éclats de pierre il représente un bœuf noir et blanc sur fond de prés et de ciel : voilà qui est mieux que de faire le portrait de Staline, mais n'y a-t-il pas quelque insolence à faire le portrait d'un bœuf après celui du camarade suprême ? Ça ne semble pas lui traverser l'esprit, ça a l'air pas mal, dit-il (le bœuf). Il se demande si ce n'est pas en vain qu'il a prié Varvara d'aller voir Gorki, dont on dit dans le camp des choses si défavorables, qui ont l'air étayées. Et Dimitrov, a-t-elle essayé de le voir ? Peut-être le fait d'avoir été injustement accusé le rendra-t-il sensible à sa situation ? Et Schmidt, l'a-t-elle sollicité ? Peut-être sa gloire ne l'empêchera-t-elle pas de se battre pour la vérité ? Il ne veut pas croire que les gens, ces gens-là, ces camarades, sont devenus aveugles et ne veulent pas recouvrer la vue.

Je ne me souviens pas si je t'ai dit que Staline a reçu mon appel, écrit-il en septembre. Akoulov me l'a dit. Cela fait quatre mois que je l'ai envoyé, huit mois que je suis ici, et je me demande toujours pourquoi. Les nuits blanches sont finies, le ciel est de plus en plus automnal, bientôt ce sera l'équinoxe. On ne voit plus guère de mouettes. Les mouettes quittent les îles à l'approche de l'hiver, avant que la mer ne soit prise par la glace, elles reviennent à la fin du printemps. Je pense t'envoyer un colis, écrit-il, j'y mettrai une écritoire décorée avec une mosaïque, et mon pince-nez cassé. Mon état a empiré, peut-être avec l'arrivée de l'automne. J'ai reçu ton colis, à l'hôpital où je suis obligé de rester. L'hôpital, d'après ce qu'en raconte Iouri Tchirkov qui y fut brièvement garçon de salle puis infirmier, n'est pas du tout un de ces mouroirs qu'on verra dans d'autres camps. Des détenus médecins de haut niveau y exercent et le directeur, un pédiatre connu à Moscou, veille à ce qu'y règne une propreté méticuleuse. Physiquement ça va, écrit-il, ce sont les nerfs qu'il faut guérir. Je prends part à l'organisation de la bibliothèque et de la salle de lecture, mais plutôt par correspondance.

Les nuits blanches sont finies, le ciel est de plus en plus automnal. Pendant les nuits blanches, le soleil rase l'horizon au nord-ouest puis remonte, le ciel est doré entre les nuages, la cime des arbres toujours éclairée. Le monde dans cette lumière semble de ceux qu'on voit en rêve. L'automne arrive vite, écrit-il, la nuit polaire approche. Aujourd'hui pour la première fois on a fait fonctionner les poêles. La forêt est jaune et ocre, les arbres perdent leur feuillage. Je ne sais pas ce que je ferai quand je sortirai de l'hôpital, je ne voudrais pas travailler dehors car malgré mon amour de la Nature mon âge et ma faiblesse nerveuse me font craindre le froid. Mes camarades m'envoient des journaux, écrit-il, mais je n'arrive pas à les lire. Même les choses les plus simples m'énervent. J'ai dû m'y reprendre à trois reprises pour lire le discours de Litvinov à la Société des Nations. J'évite de lire des choses sur l'Arctique. Le temps se gâte, les jours déclinent très vite, le soir la lumière est très faible. Il tombe de froides pluies d'automne, le deux octobre il a neigé, la neige a tenu deux jours. Je fais un peu d'écriture pour le classement de la bibliothèque, je rédige des cours. Est-ce que tu t'es renseignée à propos de ma seconde requête auprès de la Commission de contrôle du Parti ? écrit-il le six octobre. Je l'ai envoyée le six août. Es-tu allée voir Schmidt ? J'aimerais bien avoir tes réponses avant que la navigation ne s'arrête. Des doutes horribles m'assaillent malgré moi.

Les jours déclinent vite, le soir la lumière est très faible. D'après mes calculs, écrit-il fin octobre, tu n'as pas reçu les lettres seize et dix-neuf (les détenus numérotent leurs lettres pour savoir celles qui arrivent, celles qui se perdent). Les tiennes arrivent de façon très irrégulière. J'étudie les parties d'échecs de Capablanca, mais je ne peux pas jouer car c'est mauvais pour mes nerfs. Tu me demandes comment on peut se rendre aux Solovki, mais c'est impossible malheureusement, pour les visites les détenus sont transférés pour quelques jours sur le continent, et moi je n'ai pas l'autorisation, écrit-il. Ces visites ardemment souhaitées sont aussi très dures pour le moral des déportés qui retrouvent, avec les êtres qui leur sont chers, le souvenir poignant de la vie passée. Tchirkov raconte la tristesse qui le submerge après qu'il a rencontré sa mère, à Kem (cette fois où le « professeur Wangenheim » est intervenu pour lui auprès de l'administration du camp), et qu'il a eu le pressentiment (justifié) qu'il ne la reverrait plus. Peut-être me suis-je laissé dépasser par la vie, écrit Alexeï Féodossiévitch le dernier jour d'octobre. Je n'ai pas vu grandir la nouvelle éthique, et je ne comprends rien à ce qui se passe. On m'a refusé pour la seconde fois le droit de visite, écrit-il encore.

Arrivent les fêtes pour l'anniversaire de la révolution d'Octobre (en novembre de notre calendrier), ce sont les premières qu'il passe dans ces conditions, dit-il. Il est sorti de l'hôpital, son moral est très bas. Il décore la bibliothèque, il calligraphie des slogans. Ses compagnons de cellule sont allés à une représentation du théâtre, mais lui n'a pas voulu les accompagner. J'ai de la peine à y aller sans toi, écrit-il à Varvara. Il a préféré rester seul à garder la cellule. La dernière fois qu'il est allé au théâtre... ou plutôt qu'il n'y est pas allé... ils avaient rendez-vous ensemble au Bolchoï, il s'en souvient, le soir de son arrestation. Dans deux jours, compte-t-il, ce sera la fin du dixième mois de cauchemar. Comme il est amer de penser à ces dix mois perdus, alors que le pays a tant besoin de spécialistes ! Il a remarqué qu'on avait fait disparaître son nom comme éditeur des traductions du météorologiste suédois Bergeron, c'est triste mais ce sont des vétilles par rapport au reste. Je ne peux plus dessiner comme avant, dit-il, j'ai moins de temps et la lumière du jour manque. Les jours sans soleil la cellule est très sombre. Hier j'ai commencé à dessiner une fleur pour Élitchka, mais je n'ai pu achever à cause de l'obscurité. En rêve ou éveillée, dit-il, l'âme n'a pas de repos.

Dans deux jours, ce sera la fin du dixième mois de cauchemar. Il a eu sa nouvelle affectation, à la bibliothèque, ce qui le fatigue peu, remarque-t-il. Il a fait une conférence sur la stratosphère, un peu triste parce qu'il s'est souvenu du temps où il en faisait sur ce thème avec Prokofiev, le pilote du stratostat *URSS-1*. Les souvenirs de ces jours glorieux lui reviennent, c'était il y a un peu plus d'un an, allongé sur son bat-flanc il se revoit traversant de nuit une Moscou fantôme, à peine visible dans le brouillard que trouaient difficilement les phares de la voiture, les étoiles des tours du Kremlin entraperçues dans les tourbillons d'une vapeur rouge comme celle d'un incendie, comme si Moscou une seconde fois brûlait, c'était de mauvais augure ce brouillard, et sur le terrain de Kuntsevo l'immense enveloppe scintillant de millions de perles de rosée dans l'aube... Et puis la nuit du vrai départ, qu'il avait passée à régler les appareils de Moltchanov, angoissé par cette responsabilité imprévue qui lui tombait dessus, mais secrètement content, aussi, peut-être, que le retard du train de Léningrad le laisse seul aux commandes... C'était lui qui avait commenté les résultats scientifiques du vol, en une de la *Pravda*. Moltchanov, que devient-il ? L'horreur de sa situation, ce n'est pas seulement d'être séparé de sa famille, ce n'est pas seulement d'avoir été calomnié, déshonoré, traité en criminel (et d'y avoir contribué, par sa faiblesse), c'est aussi ça : ne plus servir à rien, ne plus connaître cette fièvre, cette inquiétude et cette fierté qui étaient siennes, alors. Comme il est amer de penser à ces mois perdus, écrit-il... Comme il est amer de penser que d'autres continuent, tandis que soi on est devenu ce type complètement inutile, qui fait des conférences aux bagnards, et qu'on va oublier, sur cette île cernée de glace et de nuit.

Je me suis fait un emploi de mon temps libre pour l'hiver, écrit-il : travail sur le traité météorologique que je compte écrire, et pratique de la lecture en langues étrangères. J'ai commencé à lire en français *La Case de l'oncle Tom*. Je suis si occupé que je n'ai pas joué aux échecs une seule fois. Il fait un temps typique des

Solovki : il neige pendant deux jours, puis tout fond, et alors c'est une pluie glaciale et le brouillard. Comment vont Schmidt et Prokofiev ? Ce Prokofiev connaîtra un destin tragique, et éminemment romanesque. Fils de paysan, ouvrier dès l'âge de quinze ans, soldat dans l'Armée rouge, devenu un spécialiste des aérostats, il inventa un système compliqué de lancement des ballons stratosphériques qui ne marcha jamais vraiment, se terminant en général par l'entortillement fatal des câbles de suspente, l'ouverture accidentelle d'une soupape et la chute. Après un premier crash qui avait déjà entraîné pas mal de dégâts, *URSS-3* fit de nouveau le plongeon en mars 1939, avec Prokofiev aux commandes. Il aurait pu sauter en parachute mais resta à bord. Sérieusement blessé ainsi que ses deux coéquipiers, conscient sans doute que son invention décidément foireuse avait déjà causé assez d'écrabouillements de vertèbres et de décrochages de boyaux (et même la mort du pilote du prototype), il se tira une balle dans la tête à l'hôpital, tout en rêvant à de nouveaux records d'altitude. Il avait connu son heure de gloire le trente septembre 1933, suspendu à dix-neuf mille mètres dans le ciel bleu sombre, et ne l'avait jamais retrouvée. Si tu peux, écrit Alexeï Féodossiévitch à sa femme, envoie-moi un dictionnaire anglais-russe. De huit heures à seize heures puis de dix-sept à vingt-deux ou vingt-trois, je m'occupe des livres. Le reste du temps, repas et sommeil. Je n'arrive presque pas à lire. Je trouve des bribes de temps pour pratiquer les langues étrangères. J'ai dessiné cet après-midi pour ma petite fille. Comme j'aurais aimé passer une année dans une station polaire, mais volontairement, avec la conscience de faire un travail utile !

L'hiver impose sa loi, écrit-il fin novembre, les vents sont violents, tout est blanc, le lac est gelé, la mer pas encore mais elle gèlera bientôt et alors nous resterons coupés de tout jusqu'au mois de mai. Toutes mes pensées et mes désirs vont vers vous, vers vous et le Parti qui doit rétablir la vérité. Je ne perds pas confiance, je ne veux pas la perdre. Je fais l'inventaire de la bibliothèque. J'ai peu le temps de lire. Je dois repousser jusqu'à la fin de la semaine le rapiéçage de mes chaussettes, mais je trouve tous les jours quelques minutes pour faire quelque chose pour ma petite fille. Je me suis fabriqué avec du contreplaqué une grande écritoire sur laquelle je peux disposer encre, encre de Chine, crayons, pinceaux, lunettes et pince-nez. Toujours rien d'Akoulov, écrit-il, et apparemment il n'y aura rien. Mon cerveau refuse de comprendre, tout cela correspond si peu à mes idées sur le bolchévisme... Mais je n'ai pas perdu la foi dans le Parti. Toujours cette « foi dans le Parti » à laquelle il veut désespérément se cramponner pour ne pas s'effondrer, dont son insistance à l'affirmer laisse voir que sans doute elle est en train de l'abandonner.

Toutes mes pensées vont vers vous, écrit-il. Quelques minutes avant son départ, j'ai réussi à voir le commandant du treizième secteur du BBK et à lui remettre une lettre pour le camarade Staline, il m'a promis de l'envoyer d'urgence et de me communiquer la date de l'envoi. Je t'en supplie, renseigne-toi auprès du secrétariat pour savoir s'il a reçu ma requête : c'est surtout pour le Parti qu'elle est importante, il ne s'agit pas d'abord de mon destin personnel. J'ai fait une conférence sur la possibilité d'un vol vers la Lune ou

Mars avec un moteur à réaction, écrit-il, il n'y avait qu'une trentaine d'auditeurs mais il y a eu beaucoup de questions. Il n'y a qu'une trentaine d'auditeurs, qui tous rêvent d'un improbable voyage de retour vers Moscou ou Léningrad ou Kiev, vers leur famille, leur métier, la vie qu'ils ont laissée, mais s'intéressent quand même au voyage dans la Lune... « Nombreux sont les prodiges, nul plus prodigieux que l'homme », dit Sophocle. La mer lutte contre l'hiver, elle gèle mais pas encore au point d'empêcher la navigation, des bateaux arrivent, bien qu'assez rarement.

Un voyage vers la Lune ou Mars. Une lettre pour le camarade Staline. Le monde où vit le camarade Staline est plus éloigné du déporté Vangengheim que la Lune ou Mars. Le premier janvier 1935, il termine un portrait sous verre du camarade Kirov, qui a été assassiné un mois plus tôt à Léningrad. C'est un article qui marche bien, c'est le quatrième qu'on lui commande. Le soir il a prévu de faire une conférence sur un sujet qu'il trouve assez original : « Panorama des conquêtes de l'Humanité dans le Savoir depuis la création du monde jusqu'à la construction du Socialisme et l'avènement de la société sans classes ». Un thème qui ne manque pas d'ambition en effet. Je ne sais pas ce que ça va donner, dit-il. Tu évites de me parler de ta situation matérielle, écrit-il à Varvara, ou bien est-ce que les lettres où tu en parles disparaissent ? En tout cas, l'absence d'informations me fait m'angoisser. Depuis trois jours il fait très froid, mais ne te fais pas trop de souci, on allume le poêle une fois par semaine, il fait chaud tout le temps. La bibliothèque est chauffée et nous travaillons dans de bonnes conditions, avec la lumière électrique en permanence car le jour est très court. J'ai dû changer de cellule, nous vivons à présent à quatre assez serrés, mais paisiblement. On doit travailler beaucoup, et je n'ai pas eu le temps de rien dessiner pour ma petite étoile.

Depuis trois jours il fait très froid. L'aéroplane a apporté les journaux pour la bibliothèque, écrit-il, j'ai classé le premier lot jusqu'à quatre heures du matin, et j'ai inventorié le second la nuit suivante jusqu'à sept heures du matin. Puis il y a eu la préparation des Journées Lénine. Aujourd'hui j'ai fini à trois heures du matin. J'ai fait à l'encre de Chine un portrait sous verre de V.M. (sans doute Molotov) entouré de drapeaux rouges et de réalisations de la construction du socialisme : le Dnieprostroï, des usines chimiques, etc. Une tempête de neige balaie l'île, avec des vents violents. Oui, cette année est perdue, écrit-il. Si je dérangeais quelqu'un à Moscou, on aurait pu m'envoyer organiser un kolkhoze en province, j'ai l'expérience du travail à la campagne, ou bien j'aurais pu passer cette année dans une station polaire, cela aurait eu un sens, tandis que ce qui se passe maintenant est un absolu non-sens. Ne crois pas que mon insistance à connaître le destin de mes appels à Staline soit le fait de ma naïveté, écrit-il. Si Otto Iouliévitch connaissait leur contenu, il considérerait comme son devoir sacré de communiste de faire quelque chose. Otto Iouliévitch, c'est Schmidt, le chef de l'expédition du *Tchéliouskine*. Mon état moral empire. Avoir de vos nouvelles est tout ce qui peut me donner de la joie. Vous, là-bas, vous vivez une période historique exceptionnelle, chaque jour apporte de nouveaux succès, de nouvelles victoires… Le dix-septième congrès, l'inauguration du métro, comme tous ces événements m'auraient enthousiasmé ! Tu as tort de penser que je ne me soucie pas de ma nourriture, je n'ai pas faim et je mange même trop. Je fais des progrès en cuisine, j'ai déjà fait une espèce de clafoutis pour moi et mes compagnons de cellule, pas mauvais du tout.

Tu dépenses beaucoup d'argent pour les colis, ma chérie. Vos souffrances ne peuvent être justifiées devant l'Histoire. Si Staline savait tout... Je n'arrive pas à concilier dans ma tête bolchévisme et non-sens absolu, écrit-il. J'ai rompu avec ma classe d'origine il y a trente-cinq ans, j'ai donné toutes mes forces et mes connaissances à la classe ouvrière. Je lutte pour garder ma force d'âme, je ne veux pas perdre confiance dans le Parti et le pouvoir soviétique. J'espère toujours que la raison triomphera, c'est beaucoup plus important que mon destin personnel. Tu devrais demander une autorisation de visite à Akoulov, peut-être l'obtiendras-tu pour le début de la navigation. Je vais écrire encore à Staline et Vorochilov, est-ce que cela donnera quelque chose, je n'en sais rien, mais c'est mon devoir devant le Parti et le pays. Tu m'écris que tu veux faire une demande au Comité des amnisties. Mais, mon enfant, on ne peut gracier que des coupables, et je ne peux confesser une culpabilité qui n'existe pas.

J'ai envoyé mon septième appel à Staline, écrit-il, pour l'instant tout est vain, et je ne comprends absolument rien. Je lutte pour garder ma force d'âme. N'oublie pas de téléphoner à Otto Iouliévitch, je lui ai demandé de te transmettre les résultats de ma requête. On ne sait pas ce qu'il répond à Varvara, le héros de l'Arctique, on n'a pas ses lettres à elle, mais on le devine sans peine à lire une des lettres suivantes d'Alexeï Féodossiévitch : après ce qui s'est passé avec Otto Iouliévitch, écrit-il, après ses déclarations, il n'est que trop clair que le temps de la vérité n'est pas encore venu. Cette trahison de Schmidt porte un coup terrible aux illusions qu'il s'efforce de conserver. Depuis un an il lutte contre le doute, il sait qu'il ne doit pas le laisser grandir, que c'est comme un feu dans l'herbe sèche, qu'il faut écraser sous son talon avant qu'il ne dévore tout. Soudain il se sent plein de cendre. On est au printemps de 1935, en avril. Printemps sinistre. Je ne doute pas que l'Histoire rétablira l'honnêteté de mon nom, écrit-il, mais jusqu'à il y a peu je croyais que, dès que ma requête lui serait parvenue, le Parti comprendrait. Apparemment ce n'est pas le cas.

Il ne comprend plus rien, absolument plus rien. C'est le printemps à présent, écrit-il le dix-huit mai, on dit qu'un bateau pourrait arriver ces jours-ci. Il n'y a plus que le port qui soit pris par les glaces. Les champs sont encore couverts de neige, le lac est gelé, mais les mouettes sont revenues, et plusieurs sont déjà sur leur nid. Aujourd'hui, écrit-il, j'ai entendu parler à la radio de la catastrophe du « Maxime Gorki », et du grand nombre de victimes. Création de l'ingénieur Tupolev (lequel ne tardera pas à se retrouver dans les camps), le « Maxime Gorki » était le plus grand avion du monde, doté d'ailes de soixante-trois mètres d'envergure et de huit moteurs, et d'un salon panoramique à l'avant. La machine volante était destinée à l'agit-prop, elle était à cette fin équipée de studios photo et radio, de puissants haut-parleurs, d'une imprimerie, d'une salle de projection, il paraît même que des messages lumineux pouvaient être affichés sous les ailes. L'énorme chose suscitait l'ébahissement des foules, jusqu'au jour de mai 1935 où un petit biplan qui faisait des loopings autour d'elle pour pimenter encore le spectacle aérien s'emplafonna l'aile, provoquant la chute de la baleine volante et la mort de ses quarante-cinq occupants. On voit au cimetière de Novodiévitchi, à Moscou, non loin de la tombe de Tchékhov, un monument assez spectaculaire aux morts du « Maxime Gorki ». Le frère d'Arkhangelski était-il parmi les passagers ? s'inquiète Alexeï Féodossiévitch. Arkhangelski, un grand gynécologue, est un des trois amis qui n'ont pas abandonné Varvara et Éléonora, avec deux météorologues, Souvorov et Khromov, celui-là même qui avait « oublié » de citer Lénine et Staline dans son article sur les « nouvelles idées » en météorologie. Un menchévik obstiné, décidément...

Le printemps est là à présent, écrit-il le vingt-quatre mai. La neige a presque partout fondu, la navigation a commencé, le lac est encore couvert de glace sale, où s'élargissent de grands trous noirs et verts. Et puis le premier juin, grande tempête de neige. Je ne suis pas sorti, dit-il, dans notre pièce il fait chaud, mais je garde ce froid dans l'âme. As-tu demandé l'autorisation de visite ? Akoulov l'aurait donnée, mais maintenant je ne sais plus. C'est qu'Akoulov vient d'être remplacé par Vychinski, le futur procureur des « procès de Moscou », l'homme dont le verbe ordurier exigera que les accusés, Boukharine et autres vieux bolchéviks, soient « abattus comme des chiens galeux », « écrasés comme de maudits reptiles ». « Les mauvaises herbes et les chardons envahiront les tombes des traîtres exécrés », poétisera-t-il. Il n'y a rien à attendre d'un tel homme, même s'il n'a pas encore donné toute sa mesure. Dans mon âme bout une grande indignation, écrit Alexeï Féodossiévitch. De quel droit peut-on infliger ces souffrances à un honnête serviteur de l'État ? Cela fait un an que je suis arrivé ici, cette année est barrée de ma vie. En lisant les revues, il m'arrive de trouver des références à la suite de mes travaux. On a eu peu de moments pour en parler ensemble, tu ignores sans doute ce que j'ai fait, le temps passera et tout sera oublié de ce qui a rempli ma vie de travail. J'ai décidé de faire un bilan de ce que j'ai réalisé pour que toi et ma fille vous sachiez que je n'ai pas été un « enfumeur de ciel » (un tire-au-flanc).

C'est à ce moment-là, le dix juin 1935, qu'il évoque le « cadastre des vents » et celui du soleil, et les énergies éolienne et solaire dans lesquelles il voit les réservoirs de l'avenir. Il comprend que la vie continue sans lui, que son œuvre continue sans lui, que d'autres reprennent ses idées, ses travaux, ses rêves, et c'est une nouvelle torture. Il semble perdre l'espoir de revenir un jour vers ce monde vigoureux où l'on projette, décide, réalise, où l'avenir existe, que l'on prétend dompter comme un cheval sauvage, où l'on se construit soi-même en construisant le socialisme. Ici, sur l'île, pas d'avenir, pas de réalisation. Cette île, c'est l'île des morts. C'est un testament qu'il veut laisser à sa femme et sa fille, pour qu'elles au moins n'oublient pas qu'il n'a pas toujours été une chose, un matricule dans les registres du NKVD. En 1934, écrit-il, j'aurais dû terminer le premier atlas de la distribution de l'énergie des vents en URSS. Il sera certainement publié, mais sans moi. Et de même pour le cadastre du soleil, mon enfant.

L'énergie du vent est inépuisable et renouvelable. Bientôt les vastes territoires de l'URSS seront électrifiés par l'énergie du vent, et mon nom disparaîtra sans laisser de trace. L'énergie du soleil est encore plus puissante. Le futur appartient à l'énergie solaire et à celle des vents.

Je garde ce froid dans l'âme. On est passés de l'hiver à l'été, avec des jours très chauds, écrit-il fin juin. Des milliers d'oies sauvages passent dans le ciel, volant vers le nord. Il se plaint de ne pas arriver à avancer ses recherches sur l'influence du temps sur l'organisme humain. Cette question, dit-il, qui peut déboucher sur l'allongement de la durée de la vie, l'a toujours occupé. En 1932, il a convoqué la première conférence en URSS, et peut-être au monde, se flatte-t-il, consacrée à l'influence du climat sur l'homme, avec des médecins, des architectes, des ingénieurs, des sylviculteurs, des planificateurs... Il s'agissait de réfléchir aux rapports entre le régime hydro-météorologique et la santé, la conception des immeubles, l'urbanisme. Penser l'habitat et les villes en fonction du climat, ce n'était pas si commun à l'époque, il est décidément un précurseur. Il lit dans un journal un article sur un nouveau vol dans la stratosphère (il doit s'agir d'*URSS-1bis*, en juin, qui a bien failli finir une fois encore en plongeon fatal), il revoit une fois de plus le brouillard sur Moscou, illuminé par les phares de Micha le chauffeur, la nuit passée à préparer les instruments, les calculs du lieu d'atterrissage sur la carte (et il l'avait prévu avec exactitude !), l'attente angoissée des messages radio de la nacelle, la voix nasillarde de Prokofiev envoyant ses salutations communistes du haut du ciel où il n'avait pas aperçu plus de Dieu que n'en verra, vingt-huit ans plus tard, Iouri Gagarine, et ensuite le plus important, le dépouillement et l'analyse des mesures. Le huit janvier, ce fatidique huit janvier 1934, il avait préparé le recueil des résultats pour l'imprimer pour le dix-septième congrès. Il l'avait dans sa poche lorsqu'on l'a arrêté. Il ne lui restait plus qu'à relire ses deux articles et à envoyer le tout à la typographie. Après, tu connais la suite, écrit-il à Varvara. Le recueil a été publié, mais évidemment sans mes articles, et avec un autre rédacteur.

Ces derniers temps, écrit-il en juillet, j'ai un peu traîné dans mon travail personnel car en plus de mon travail régulier à la bibliothèque il a fallu que je nettoie les locaux, la salle de lecture, les toilettes. C'est un grand espace, cela m'a pris toutes mes heures libres. Je n'ai donc pas eu le temps de dessiner une devinette pour ma petite fille. Je lui envoie le dessin d'une baie qu'on trouve ici, je pense lui faire une collection de fleurs et de baies. Au fil des mois il dessine des abricots, des airelles, une grappe de raisin, des cerises, une fraise des bois, des canneberges, des groseilles à maquereau, des framboises, des reines-claudes, des myrtilles, des cassis et des groseilles, des pruneaux, toute une salade de fruits, et deux encore dont je ne connais ni l'apparence ni le nom. Il dessine aussi toute une collection de champignons. Les devinettes sont en vers de mirliton, dont on ne se risquera pas à chercher l'équivalent français : « Sans porte et sans fenêtres / Une maison pleine de gens » (une gousse de haricots), « Deux frères vivent de chaque côté du sentier / Mais ne se voient jamais » (les yeux), avec une variante, « Deux frères se voient sans jamais se rencontrer / L'un est piétiné, l'autre est enfumé » (plancher et plafond), ou encore ces deux-ci, que j'aime assez : « Nez d'acier / queue en lin » (une aiguille), et « Soixante-dix manteaux / Mais ni bouton ni boucle » (un chou).

Nous ne savions rien sur le nord, écrit-il, alors que les masses d'air polaire commandent notre climat. Le réseau des stations n'existait pas dans le nord, je l'ai développé malgré des difficultés extrêmes, y compris dans les grands espaces de Sibérie. On taira dorénavant, bien sûr, tout ce qui m'est dû, toute la gloire retombera sur Otto Iouliévitch et autres, mais l'Histoire se souviendra. Du Spitzberg jusqu'à Ouélen, en Tchoukotka, les résultats de ma direction sont là, visibles. Condamné, oublié, trahi, humilié, il est pris d'accès d'orgueil, il s'attribue toutes les gloires. Le pilote Levanevski, un beau gosse connu comme « le Lindbergh russe », prépare-t-il un vol transpolaire, il écrit que s'il n'avait pas lutté pendant trois ans pour créer un réseau de stations polaires, le vol serait impossible (ce fut d'ailleurs un échec, et c'est Valéry Tchkalov qui, deux ans plus tard, reliera Moscou à Vancouver par le pôle sans escale). Les relevés des champs magnétiques sur tout le territoire de l'URSS, c'est lui encore. Et à présent, au lieu d'interroger les instruments de retour de la stratosphère, de guider les avions au-dessus des déserts glacés où s'affolent les compas, de cartographier le magnétisme terrestre, au lieu de rêver à la lumière jaillissant des vents, à quoi est-il réduit ? À cueillir des champignons, à herboriser. Aujourd'hui jour de relâche, écrit-il, je suis sorti avec un camarade. Nous avons ramassé des champignons, des échantillons de plantes, et nous avons mangé des baies de ronce des tourbières... Amère dérision. Son ami, son élève Nikolaï Zoubov navigue dans la mer de Kara sur le brise-glace *Sadko* (du nom de ce Sindbad russe à qui Rachmaninov a consacré l'opéra qu'il devait voir avec Varvara, le soir du huit janvier 1934 – il y a un an et demi, et c'est un autre temps, un autre monde), il va installer une station sur l'île de la Solitude. Je suis content pour lui, écrit Alexeï Féodossiévitch. Il tâchera sans doute de m'oublier, comme Schmidt, mais au fond de son âme il doit se souvenir de ce que j'ai fait pour lui. Nous avons entouré tout l'Arctique d'un réseau d'expéditions. J'ai rêvé moi aussi d'être de l'une d'elles, comme Zoubov... L'île de la Solitude, en vérité, c'est là où il se trouve, lui.

Dès 1925, écrit-il, j'ai prôné la réunion des services météo en un grand service unifié, et en 1929 j'y suis parvenu. Et un jour mon projet de réunion des services météo du monde entier sera réalisé, je n'en doute pas. Ici j'ai fait deux conférences sur le thème « La Science au service de la vie quotidienne ». J'ai parlé de l'enchaînement des molécules pour conclure sur la bonne et la mauvaise manière de balayer les planchers. L'auditoire a été très intéressé. Ma vie est très dure moralement parce que je n'ai personne à qui parler, c'est une solitude totale, tout ce que j'ai à vivre je le vis seul. Alexeï Féodossiévitch n'a pas du tout le même point de vue que Iouri Tchirkov, qui s'émerveille du brio intellectuel de la petite société réunie autour de la bibliothèque. Mais Tchirkov est un jeune homme plein d'optimisme, et Vangengheim un neurasthénique qui sent que sa vie s'en va, inutile désormais. Par à-coups je continue à étudier des langues étrangères, écrit-il. En parlant de solitude, j'ai oublié d'évoquer une créature : mon petit chat. Nous

nous sommes beaucoup attachés l'un à l'autre. Il vient de sauter de mon épaule où il avait dormi tranquillement. Il est discipliné, tendre, espiègle, il sait quand je m'apprête à manger, il s'approche et commence à griffer mes bandes molletières. Une fois il est sorti par la porte ouverte, je l'ai longtemps cherché mais il est revenu de lui-même. Cela peut paraître étrange, mais ce petit être gris apaise ma tristesse même si, en jouant, il mélange mes papiers ou salit ma table avec ses pattes sales.

C'est une solitude totale. On a séché les champignons, écrit-il. Quand tu m'enverras un colis, mets-y un peigne fin. Ici, nous sommes obligés d'être tondus ras, mais entre les tontes parfois j'aimerais bien me peigner, et le peigne que j'ai fabriqué a les dents trop écartées. C'est si malheureux de devoir penser à de telles choses plutôt qu'à des problèmes importants... Je lutte pour garder ma force d'âme. J'ai mis de nouvelles chaussures. J'avais peur de devoir garder les anciennes qui sont usées, mais on m'en a donné de nouvelles qui sont une fois et demie trop grandes, mais avec des chaussettes et des bandes molletières, ça va. Me voilà équipé, si on ne me les vole pas, comme ça arrive d'habitude. On se prépare à la fête d'Octobre, c'est la deuxième que je célébrerai sans vous, avec la conscience terrassante du non-sens absolu. Je suis très fatigué. J'ai eu un énorme furoncle sur le dos, c'est le premier jour où je peux m'asseoir à table pour écrire. Ma main droite va beaucoup mieux, mais c'est la gauche qui commence à aller mal. Demain cela fera un mois que j'ai envoyé ma septième lettre à Staline. Soit mes lettres n'arrivent pas, soit elles ne sont pas lues. Je crains en mon âme que personne ne se soucie de la vérité.

Il n'y a pas de tentatives d'évasion, ou très peu. Les soixante kilomètres qui séparent la Grande Île du continent font une barrière presque impossible à franchir, que la mer soit libre, de mai à novembre, ou gelée. Et les hommes du NKVD patrouillent sur le rivage autour de Kem, en face. En septembre de cette année 1935, pourtant, il y en a une. C'est Tchirkov, qui vient de débarquer du *Travailleur de choc*, qui en parle. La sirène de la centrale électrique retentit, les chiens mènent les poursuivants jusqu'au rivage, le petit hydravion du camp prend l'air, si le fugitif essaie de traverser le bras de mer, il n'a pratiquement aucune chance de ne pas être repéré. Une tempête survient, qui oblige à interrompre les recherches maritimes. Au bout d'une semaine, on découvre le corps de l'évadé écrasé au milieu d'un amoncellement de troncs rejetés à la côte par la tempête. Il s'appelait Pavel Boreïcha, c'était un komsomol qu'avait bouleversé le spectacle des morts de faim en Ukraine, qui avait eu le courage de l'écrire et avait été déporté en conséquence. Lui aussi avait envoyé une requête à Staline, et celle-ci avait été lue, puisqu'elle lui avait valu d'être transféré dans un isolateur à régime sévère.

Ici je suis absolument seul, écrit Alexeï Féodossiévitch au début de décembre 1935. Avec plusieurs, j'ai de bons rapports, mais il n'y a personne qui me soit proche. Ici, je suis un corbeau blanc. J'ai envoyé ma requête à Vychinski, je ne sais pas ce que ça va donner. C'est la première fois que je demande une révision de mon dossier au procureur. Étant donné les deux ans écoulés, je n'ai pas d'espoir particulier. Je suis pourtant convaincu que, si je reste en vie, le Parti finira par tout élucider. Ce n'est qu'une question de temps. Ma confiance dans le Parti n'est pas ébranlée, écrit-il le vingt-quatre décembre. Puis, le dix-huit janvier : ma requête a été classée sous le numéro 1726. Il souffle une tempête terrible, la neige crible les yeux. J'ai fait une conférence sur la conquête de la stratosphère, tous les âges étaient représentés dans l'auditoire, de neuf ans à des gens âgés, ils ont tous écouté avec attention.

Ici, il est un corbeau blanc. Ici, je suis absolument seul. Tu me dis que tu n'as pas reçu de lettre depuis longtemps, dit-il, pourtant j'écris régulièrement. Qui a intérêt à retarder le courrier ? Pendant mes promenades, écrit-il, je parle à la lune et je lui demande de transmettre mon salut à mes chéries. Elle vous envoie sa lumière en même temps qu'à moi. Hier j'ai vu une très belle aurore boréale verte. D'abord en forme de rideau ondulant sur le ciel, puis de rayons et d'arcs. Quand on sait à quelle altitude cela se passe, probablement plus de deux cents kilomètres de la Terre, et à quelle vitesse gigantesque se déplacent les rayons, on est frappé par la puissance du phénomène. Je lis Nansen, écrit-il, *Dans le pays de la glace et de la nuit*. Il était coupé du monde lui aussi, mais que ne donnerais-je pour échanger nos rôles. Après avoir dû faire demi-tour dans sa marche vers le pôle, le Norvégien Nansen avait passé tout un hiver dans un abri de fortune sur l'archipel François-Joseph, au nord de la Sibérie. Où que je regarde, écrit Alexeï Féodossiévitch, à quoi que je pense, tout me semble sombre, angoissant, souvent désespérant, la seule lumière dans les ténèbres c'est vous, mes chéries. Cette étoile éclaire le chemin, et je ne perds pas courage en dépit des faits accablants, malgré la réalité lugubre. Je garde l'espoir que les ténèbres se dissiperont, que le Parti reconnaîtra la vérité. Et pourtant, mes quinze requêtes adressées aux dirigeants restent ignorées... Peut-être la requête que j'ai envoyée à Vychinski a-t-elle eu le même destin. J'ai acheté de la graisse de phoque, écrit-il aussi.

Hier j'ai vu une très belle aurore boréale verte. Les jours se succèdent de façon monotone, chacun est désespérément perdu, rapprochant de la fin de la vie, dit-il. Ma requête a été classée sous le numéro 1726... Je continue doucement mes études arctiques. Quand je m'immerge dans le travail de recherche, j'oublie un peu. Jamais de ma vie je n'ai consacré autant de temps à de petites choses domestiques, ce doit être ça la « rééducation par le travail »... Il est évident que des bêtises de ménage, de nettoyage de chiottes, etc., sont plus utiles à la Grande Construction que la résolution d'importantes questions scientifiques... D'ailleurs, écrit-il, il ne faut pas essayer d'analyser ce qui est au-delà de notre entendement. Ce petit être gris, mon chat, avec ses pattes sales, apaise ma tristesse. J'ai eu une réponse à une de mes demandes à propos de ma huitième requête au camarade Staline : elle a été envoyée au secrétariat du Comité central le quinze novembre 1935. Aucun résultat. Je pense qu'il n'y en aura pas, et c'est en vain que j'ai écrit à Dimitrov. Ma foi, si quelqu'un, avant le huit janvier, m'avait parlé de ce que je suis bien obligé de constater maintenant, je lui aurais craché à la gueule en le traitant de menteur et de calomniateur.

En mars, écrit-il, j'ai fait une dizaine de conférences sur les aurores boréales. J'en ai vu plusieurs, le plus souvent ce sont des arcs, mais une fois j'ai vu une draperie de rayons verts miroitant dans le ciel et ondulant comme sous l'effet du vent. J'apprends quelque chose aux autres, mais moi-même je n'apprends rien, faute de livres sur ce sujet. En revanche, je lis avec intérêt de nouveaux livres sur la physique du noyau atomique. J'essaie d'être le plus souvent dehors. Le vingt, j'ai pu mesurer la hauteur de neige autour du kremlin, grâce aux bottes que tu m'as envoyées je pouvais plonger dans la neige comme un lièvre, dans certains endroits je m'enfonçais jusqu'à la taille. L'épaisseur moyenne de la couche de neige est de soixante-dix centimètres. Cette petite notation révélatrice à la fois de la forme d'esprit de Vangengheim, portée vers les chiffres, les mesures exactes, plus que vers la fantaisie (il est vrai que les circonstances n'y invitent pas), et de son désespérant désœuvrement. J'ai commencé à préparer une conférence sur l'éclipse de soleil du dix-neuf juin prochain, écrit-il. Je suis en train de construire un planétaire de grande taille. Je me souviens de l'année 1914, quand l'Académie des sciences avait prévu de m'envoyer à Féodossia observer l'éclipse complète de soleil. J'avais acheté une valise et tout un équipement, mais quatre jours avant mon départ j'ai été mobilisé, et au lieu de Féodossia je me suis retrouvé au front.

Je me prépare à l'éclipse de soleil du dix-neuf juin, écrit-il, je termine le grand planétaire, je fais des dessins techniques, et je ne peux chasser de ma pensée cette question : pourquoi ne puis-je faire cela pour ma petite Élia et pour tes élèves ? Dans certains lieux, surtout là où dominent les droits-communs, mes conférences sont écoutées avec attention, et même avidité. Pour moi c'est un bon exercice de vulgarisation, je m'entraîne à exposer de façon très simple des choses parfois très compliquées. Je t'envoie deux dessins d'aurore boréale pour tes élèves, écrit-il. J'ai écouté à la radio la retransmission de la parade du premier mai sur la place Rouge, et j'ai ressenti une telle peine que je suis sorti dehors pour ne pas éclater en sanglots. En ce moment j'étudie la relativité d'Einstein, écrit-il un mois plus tard, dans les tout premiers jours de juin, et je sens que je suis capable d'étudier ces questions difficiles. Bientôt la théorie d'Einstein sera considérée comme « abstraction talmudiste », et les physiciens qui s'y réfèrent comme agents d'un complot étranger. *Vie et destin*, le grand livre de Vassili Grossman, raconte ça, entre autres choses indispensables pour connaître le vingtième siècle. Dans le naufrage de toutes ses convictions, Alexeï Féodossiévitch se raccroche à ce qui ne sombre pas, l'amour des siens et la permanence de son esprit : il est capable, il est encore capable d'étudier la théorie de la relativité. Longtemps prisonnier de la glace, le printemps éclate avec fougue, les coucous se mettent à chanter, les grenouilles à coasser dans les centaines de lacs et de marais qui criblent l'île, les mouettes sont revenues et leurs criailleries empêchent de dormir, la végétation croît à toute vitesse, airelles, myrtilles, canneberges jettent dans les sous-bois des millions de perles de couleur. Mais à quoi bon le printemps ? Il n'y a pas de nuit, le soleil baisse, rase l'horizon au nord et remonte, faisant éclater dans les nuages toutes les couleurs du spectre. Il ne faut pas compter sur Vangengheim pour faire des descriptions colorées des splendeurs de la nature, c'est même curieux comme son goût du dessin semble s'accompagner d'une parcimonie du regard. Si l'on veut avoir une idée des joailleries célestes des nuits blanches, mieux vaut lire les lettres de Pavel Florenski à la même époque : « Hier soir, en revenant du kremlin, je ne pouvais m'arracher à la richesse prodigieuse des coloris du ciel : pourpre, violet, lilas, rose, orange, doré, gris, écarlate, bleu clair, bleu-vert et blanc : toutes les couleurs jouaient dans le ciel rayé de longs nuages fins et en couches violettes. » « La splendeur de Claude Lorrain, ajoute-t-il, avec bien plus encore de richesse et de diversité des tons. » Des gerbes de rayons jaillis des pourtours des nuages frappent la surface de la mer, lui rappelant cette fois *La Vision d'Ézéchiel* de Raphaël.

Tout se passe pour moi comme pour Radamès dans le dernier acte d'*Aïda*, écrit Alexeï Féodossiévitch, mais sans Aïda, et sans sentiment de culpabilité. On entend ici les échos de la joie de la vie, du triomphe de la cause qui m'est chère, mais tout cela à une distance inaccessible. Je me souviens des années d'après la Révolution, quand je faisais des conférences dans les villes et les villages. Combien en ai-je fait, pour les paysans, sur le pouvoir soviétique, le socialisme ! Assez, apparemment, pour me valoir d'être ici. C'est l'ironie de l'Histoire. L'observation de l'éclipse s'est mal passée, écrit-il le vingt juillet, le ciel le matin était couvert de gros nuages, on n'a pu voir que la seconde moitié du phénomène à travers de brèves éclaircies. Il y a quelques jours, j'ai éprouvé des minutes d'émotion très forte : on m'a annoncé que j'avais l'autorisation de visite, mais, comme je le craignais, on avait confondu mon nom avec un autre. J'en étais sûr et pourtant, involontairement, j'étais plein d'espoir. Je fais une demande de rectification de mon dossier : on y a rajouté, par erreur, le paragraphe dix de l'article cinquante-huit. Tous les autres chefs d'inculpation sont faux aussi, bien sûr, mais il faut s'épargner au moins les coquilles bureaucratiques. Je ne sais pas si j'obtiendrai satisfaction.

J'ai un gros abcès sous l'aisselle, écrit-il, je ne sais comment cela s'explique, mais les abcès ici sont chose courante, on dit que c'est à cause du temps. Je ne comprends rien, je ne peux pas croire ce que les autres me disent, j'essaie désespérément de garder foi dans le pouvoir soviétique et le Parti. En ce moment à la radio j'entends la cloche du Kremlin sonner les douze coups de minuit, j'entends les klaxons des automobiles sur la place Rouge. Et moi avant-hier soir j'ai fait une conférence sur la vie sur Mars… J'achète du lait, des carottes, du chou. J'ai quatre-vingt-quinze roubles sur mon compte. C'est la troisième fête d'Octobre que je vais passer sans vous. Je devrai faire de l'ordre dans les onze cents mètres carrés du musée et épousseter des milliers de pièces d'exposition. Les objets du culte, les icônes, psautiers, antiphonaires, les bibles vénérables, les manuscrits des vieilles chroniques, les correspondances d'Ivan le Terrible, une partie des trésors du monastère a été sauvée de la rapacité des tchékistes et de l'incendie de 1923 et conservée dans un « musée antireligieux » occupant les anciens appartements et la chapelle de l'archimandrite. Pour la fête d'Octobre, Vangengheim doit y mener des visites guidées. On m'a confié les départements historique et artistique, écrit-il. Je reçois pour cela la « deuxième marmite », c'est-à-dire une ration améliorée de huit cents grammes de pain. Hier j'ai calfeutré les fenêtres et les murs de notre cellule, il y avait des fissures partout. Je vais passer un nouvel hiver ici, je ne vois pas briller la lumière au fond de la nuit, je devrai encore en passer sept comme ça. Voilà le repos dont on récompense le travail que j'ai accompli.

Ma confiance dans le pouvoir soviétique n'est pas ébranlée... Tu sais, écrit-il, il me vient parfois l'idée que c'est mon dévouement au Parti et à la construction socialiste qui m'a mené où je suis, et que c'est en le conservant intact que je m'enchaîne de plus en plus. C'est l'ironie de l'Histoire. Les baies gelées de sorbier, mélangées avec du sucre, sont un délice. J'ai trouvé du temps pour dessiner un renne pour Élia. Aujourd'hui, jour de ton anniversaire, écrit-il le dix-sept décembre, j'ai pensé à t'envoyer un portrait du camarade Staline et une tête de cheval en éclats de pierre. Drôle de cadeau d'anniversaire... Curieusement, à chaque fois qu'il fait un portrait de Staline, il fait ensuite celui d'un animal domestique. Dans une semaine, écrit-il le premier janvier 1937, cela fera trois ans... La première année a été celle de la certitude que la vérité éclaterait et que cesserait le cauchemar sans but et sans raison. La deuxième année, la certitude a cédé la place à l'espoir. Et voici que la troisième année est passée, où il n'y a plus ni certitude ni espoir, bien que je n'aie pas renié mes convictions, que je pense toujours que les dirigeants ne sont pas au courant. Tout au long de ces trois ans, au fond de moi, j'ai lutté pour ne pas me laisser aller à penser du mal du pouvoir soviétique et des dirigeants, pour ne pas les rendre responsables de ce qui se passe. Qu'amènera la quatrième année ? Pour nous personnellement, sans doute pas beaucoup de joie. Avant que cette quatrième année se termine, le malheureux sera mort, assassiné avec un millier d'autres au fond d'une forêt, la nuit.

Hier on a fêté le Nouvel An, continue-t-il. Vers onze heures trente, j'ai fini de laver le plancher du musée. Après, j'ai commencé à dessiner pour Élitchka. C'était mon cadeau pour vous, mes chéries. À minuit moins dix, le responsable du musée m'a appelé chez lui, on a bu une tasse de café, on a écouté la retransmission de la place Rouge, nous avons pensé tous deux que nos familles au même moment écoutaient la même chose et peut-être se souvenaient de nous. Puis on est allés dormir. J'ai envoyé ma requête à Iéjov, mais sans espoir aucun. Une requête à Nikolaï Iéjov ! Autant essayer d'émouvoir un requin... Le « nabot sanguinaire » (il mesurait à peine plus d'un mètre cinquante) avait succédé à Guenrikh Iagoda, qu'il avait fait fusiller, comme commissaire du peuple aux Affaires intérieures. C'est sous son « règne », en 1937-1938, que se déchaîna la « Grande Terreur » à quoi son nom reste attaché (on appelle en russe cette période terrible la *Iéjovchtchina*), et qui fait paraître presque routinière la répression des années précédentes. Ce servile exécutant de la démence stalinienne finit exécuté, comme il se doit, demandant paraît-il qu'on transmît à son maître et bourreau qu'il mourrait avec son nom sur les lèvres... J'ai envoyé ma requête à Iéjov, écrit Vangengheim le onze janvier 1937, je l'ai fait sans aucun espoir, mais ma conscience exige que j'essaie cette voie aussi.

Il s'étonne de ce que son nom soit cité dans un livre sur la stratosphère paru en 1936, alors que dans d'autres, parus en 1934, il avait disparu. Je suis habitué, dit-il, à ce que tout s'oublie ou soit défiguré.

C'est le deuxième mois de l'année, écrit-il en février, et j'ai l'impression que tout cela n'est qu'un lourd cauchemar. Ma lettre à Iéjov ne donnera sûrement pas de résultat positif. De résultat négatif, il n'y en a pas non plus pour l'instant. Toi-même n'entreprends rien. Que les choses se passent comme quelqu'un l'a décidé, en dépit de leur absurdité. Je me souviens des premiers mois, quand on me menaçait avec le sort de ma famille. Les souffrances actuelles suffisent. L'eau gèle dans la pièce, j'ai calfeutré et même enduit les murs. Le poêle fonctionne parfaitement. Ma main ne va pas trop mal, mais la névrite ne passe pas. Je peux couper du bois, ce que je ne pouvais pas faire avant. J'ai appris qu'Otto Iouliévitch avait de nouveau été décoré. Au lieu de trois lettres supplémentaires, je n'ai eu droit qu'à deux. Hier j'ai eu de la fièvre, et je n'ai pu sortir. J'étudie l'économie monacale des Solovki. J'ai trouvé une icône sur laquelle deux anges fouettent une femme. Parfois je trouve des choses remarquables dans des débarras. Je garde ce froid dans l'âme. On a mis trois ans à reconnaître, écrit-il en avril, que le paragraphe dix de l'article cinquante-huit, qui m'était appliqué, était une erreur. J'ai le 58.7, sabotage, mais pas le 58.10, propagande contre le pouvoir soviétique. Jusqu'ici on m'a toujours dit que j'avais les deux, c'est seulement il y a quelques jours que j'ai appris que je n'en avais plus qu'un. Ça ne change d'ailleurs pas grand-chose, mais c'est assez caractéristique : il faut attendre trois ans pour apprendre pourquoi on est condamné…

Tout cela n'est qu'un long cauchemar. Tu demandes ce qu'a donné ma lettre à Iéjov : rien, évidemment, comme je m'y attendais. C'est déjà bien de n'avoir pas été sanctionné. Tu peux imaginer ce que j'ai ressenti quand j'ai appris l'histoire de *Severny Polious-1*, écrit-il en août. « Pôle Nord-1 » est une base dérivante, c'est-à-dire un petit bout de banquise portant des installations sommaires et dérivant avec le mouvement des glaces. Ivan Papanine, un « héros de l'Arctique » comme Schmidt, s'est fait déposer en mai avec trois compagnons près du pôle, et il va pendant huit mois parcourir immobile près de trois mille kilomètres. La préparation de l'expédition, écrit Alexeï Féodossiévitch, c'est quand je présidais le Comité soviétique pour la seconde année polaire internationale qu'elle s'est faite. Ta situation matérielle m'inquiète beaucoup, écrit-il le dix-neuf septembre, combien parviens-tu à gagner ? Comme il est pénible de se sentir impuissant... Tu peux ne pas m'envoyer de l'argent chaque mois, ou alors seulement un rouble et pas trois. J'en ai deux cent soixante sur mon compte, une somme suffisante pour deux ans. Je ne laisse passer aucune occasion de t'écrire. Si pendant un certain temps tu n'as pas de lettre, ne t'inquiète pas, cela ne veut absolument pas dire qu'il m'est arrivé quelque chose. Je t'écris deux fois par mois et je reçois tes lettres. J'essaie de voir tout philosophiquement, mais malheureusement mes nerfs ne le permettent pas toujours. En outre je suis moralement intransigeant, c'est un autre défaut qui me fait souffrir. Sans cette intransigeance, tout aurait été plus facile, mais je ne veux pas la perdre. Je ne doute pas que l'Histoire rétablira mon honneur...

Ma chère petite fillette, écrit-il fin septembre à l'intention d'Éléonora, pendant un certain temps je ne pourrai pas t'envoyer mes dessins, mais j'espère que tu m'enverras les tiens. Sait-il déjà, à cette date, qu'il va être transféré sur le continent ? Sans doute, mais alors pourquoi demande-t-il à sa fille de continuer à lui envoyer des dessins ? Pense-t-il que l'administration du BBK, les camps du canal de la mer Blanche, dont dépend à présent la prison des Solovki, fera suivre ? Est-ce que tu as eu ton deuxième renard bleu ? interroge-t-il. Est-ce que tu as reçu les nids de bouvreuil et de *varakoucha* ? La *varakoucha* est un oiseau à dos bleu et jabot marron-orangé ressemblant assez à une mésange. Qu'est-ce que tu fais en ce moment ? Comment vont tes leçons de musique ? Mon petit chat est toujours très sage, nous sommes bons amis. Cette lettre est la dernière qu'il écrira. À la fin du mois d'octobre, se souvient Iouri Tchirkov, on lut au kremlin des Solovki une immense liste, près de douze cents noms, à qui deux heures étaient laissées pour rassembler leurs maigres affaires et dire adieu à leurs amis. Puis le convoi, par rangs de quatre, passa sous la porte Sainte, qui donnait accès au port. Tchirkov reconnut au passage plusieurs de ses proches, Pavel Florenski, le pope encyclopédiste, Grigori Kotliarevski, l'ancien responsable de la bibliothèque, Piotr Ivanovitch Weigel, qui lui a appris l'allemand, et lui lance en guise d'adieu deux vers du *Faust* de Goethe : *Auf, bade, Schüler, unverdrossen / Die irdische Brust im Morgenrot* (« Plonge, élève, ta terrestre poitrine dans l'aube »), et « Wangenheim, en manteau noir et chapka d'otarie. Ils me reconnurent et me firent des signes de tête (leurs mains étaient occupées par les valises) ». Le convoi embarque dans un bateau pour Kem, sous un ciel gris et bas. On n'en saura plus rien, il faudra attendre soixante ans pour que des enquêteurs opiniâtres de l'association Mémorial finissent par découvrir son histoire, et sa destination.

Quelques jours après le départ du convoi, note de façon assez shakespearienne Tchirkov, le neuf novembre, une aurore boréale extraordinaire parut dans le ciel, non pas les habituelles draperies vertes, mais des arcs pourpre dansant dans la nuit. « Plusieurs personnes l'interprétèrent comme un présage redoutable. »

III

1

Onze cent seize détenus embarquent pour Kem, fin octobre 1937, et à partir de ce moment on perd leur trace pendant soixante ans. C'est un jour d'automne maussade, dit Tchirkov, le bateau s'éloigne, son sillage s'efface à la surface de l'eau grise, pendant un long moment on le voit encore faire route vers l'ouest, vers Kem, sous un panache de fumée qui se mêle aux nuages bas et gris, puis on ne voit plus que la fumée, puis plus rien (il y a sans doute eu plusieurs bateaux, ou plusieurs traversées, je doute qu'on puisse faire tenir plus de mille personnes, même à fond de cale, dans le *Travailleur de choc*). Les onze cent seize hommes disparaissent avec la fumée du bateau dans la nuit sanglante de ce qu'on appelle aujourd'hui la « Grande Terreur ». Imagine-t-on cela, l'horreur de l'interminable attente, des années durant ? Varvara, la femme d'Alexeï Féodossiévitch, ne reçoit plus de lettres. Il lui a dit de ne pas s'inquiéter, que si pendant un moment elle n'avait plus de nouvelles, cela ne voulait pas dire qu'il lui était arrivé quelque chose. Alors, pendant un moment, elle s'efforce de ne pas s'inquiéter. Puis, les mois passant, le silence persistant, elle commence à essayer d'obtenir des renseignements, mais en vain, elle se heurte à des murs. En mai 1939 elle envoie une supplique à Béria, qui a remplacé Iéjov à la tête du NKVD : « Toutes mes requêtes sont restées sans réponse. Je vous demande instamment de me faire savoir où mon mari se trouve actuellement. » Le vingt-huit juin, elle écrit à la Procurature de l'URSS, l'administration dont Vychinski est le maître, et là on finit par lui répondre qu'Alexeï Féodossiévitch est vivant, qu'en 1937 son dossier a été réexaminé, qu'il a été de nouveau condamné à dix ans sans droit de correspondance et transféré dans un camp éloigné dont on ne peut communiquer le nom.

Dix ans sans droit de correspondance, on sait à présent ce que cela veut dire : la mort. Mais à l'époque, on ne le sait pas, ou plutôt, la mort étant partout – « Les étoiles de la mort nous surplombaient », a écrit Akhmatova dans *Requiem* –, elle peut se dissimuler sous cette formule comme sous n'importe quelle parole, n'importe quel visage. Mais sans doute n'imagine-t-on pas qu'à la cruauté extrême l'État soviétique ajoute le mensonge éhonté, que ce Moloch qui dévore les vies par centaines de milliers se comporte aussi comme un petit enfant pris en faute, que ceux qui n'ont aucun scrupule à tuer en masse craignent que leurs crimes ne soient connus. Aussi Varvara Ivanovna ne perd-elle pas espoir. Dix ans, dix ans sans nouvelles, c'est insupportablement long, mais elle reverra peut-être un jour son mari. La guerre mondiale éclate, l'URSS fait d'abord partie des prédateurs aux côtés des nazis, puis le vingt-deux juin 1941 l'Allemagne envahit le territoire soviétique et s'avance jusqu'aux portes de Moscou. Évacuée à Magnitogorsk, dans l'Oural, Varvara emporte avec elle les affaires de son mari, pour qu'il puisse les trouver à son retour. La guerre est finie, elle est décorée pour avoir défendu avec sang-froid son école lors d'une attaque aérienne, elle recevra même l'ordre de Lénine en 1949. Sans doute, comme beaucoup de simples citoyens soviétiques, a-t-elle pensé que les sacrifices effroyables consentis pendant ce qu'on appelle là-bas « la Grande Guerre patriotique », l'héroïsme du peuple, du peuple-soldat mais aussi du peuple tout court, le million de morts civils des vingt-huit mois de siège de Léningrad, allaient lui valoir, à ce peuple, ce *narod* au nom de qui tout se fait, pour qui tout s'accomplit, prétendument, un peu de liberté, ou en tout cas la jouissance de choses simples, les retrouvailles d'un père et de sa fille, par exemple. Un père que ses affaires attendent toujours, rapatriées de Magnitogorsk à Moscou au printemps de 1944. Une fille qui a quinze ans à présent, à qui on conseille de changer de nom pour poursuivre plus facilement ses études, de prendre celui de sa mère, Kourgouzova, mais qui s'y refuse. Si elle pense cela, Varvara Ivanovna, comme c'est probable, nous savons, nous qui savons aussi ce que « dix ans sans droit de correspondance » signifie, qu'elle se trompe lourdement. Staline, auréolé du prestige de la bataille décisive livrée dans la ville qui porte son nom, de la prise de Berlin et de la victoire, du partage du monde, à Yalta, avec Roosevelt et Churchill, Staline n'est pas le moins du monde décidé à se montrer débonnaire, ce serait forcer exagérément sa nature, et il a encore tant de comptes à régler avec des espions, des traîtres, des saboteurs, des éléments antisociaux, d'anciens prisonniers de guerre, des nationalités suspectes (les Juifs, notamment), des gens qui ont cru que l'Internationale serait le Genre humain… Pourquoi se priverait-il ? Tout lui a si bien réussi…

Seulement, il finit par mourir, le cinq mars 1953. « Il était mort le grand dieu, idole du vingtième siècle… », ironise Grossman dans *Tout passe*. Et d'évoquer les pleurs hystériques dans les usines, les rues, les écoles, mais aussi la liesse de millions de détenus dans les camps, le murmure qui enfle parmi les colonnes de zeks marchant dans la nuit polaire, au bord de l'océan Glacial : « Il a crevé ! » Si Alexeï Féodossiévitch avait vécu assez longtemps pour connaître ce jour, s'il avait vraiment, en 1937, été condamné à dix ans supplémentaires de camp et qu'il y avait survécu (la peine, cumulée à la première, aurait couru jusqu'en 1954), aurait-il lui aussi chuchoté à son voisin, avec joie, « il a crevé » ? Ce n'est pas sûr. Est-ce qu'il aurait continué à maintenir désespérément, follement, sa confiance dans le Parti et l'État soviétique, à croire que Staline était ignorant des souffrances inouïes endurées sous sa loi ? Ce n'est pas sûr non plus, et on peut en tout cas espérer que non. Mais ici, il faut dire une chose troublante, et même choquante : dans le dernier envoi qu'il fait à sa femme, en septembre 1937, il inclut un petit portrait de Staline en éclats de pierre. Je l'ai tenu entre mes mains, ce portrait, dans le local de Mémorial à Saint-Pétersbourg, il mesure environ quinze centimètres sur douze, l'idole des masses y est représentée de trois quarts, sur fond ocre, il porte une vareuse grise boutonnée jusqu'au cou, le cheveu fourni, une moustache de janissaire. C'est le seul objet qu'Éléonora, la fille, nous ait légué de son vivant, me dira Irina Flighé, l'animatrice de Mémorial à Pétersbourg. Elle ne pouvait supporter l'idée qu'il y ait eu ça, cette chose, dans le dernier message de son père, avec l'évocation des renards bleus, des bouvreuils et du petit chat.

Pourquoi Alexeï Féodossiévitch a-t-il fait cet envoi ? Ses raisons, je ne les sais pas, et personne ne peut plus les savoir. Croyait-il encore en Staline, qui n'avait pourtant répondu à aucune de ses lettres ? Tout au long de ces trois ans, écrivait-il en décembre 1936, j'ai lutté pour ne pas me laisser aller à penser du mal du pouvoir soviétique et des dirigeants, pour ne pas les rendre responsables de ce qui se passe. Qu'amènera la quatrième année ? On sentait sa conviction vacillante, et que les vestiges de sa foi étaient plutôt désormais de l'ordre d'un antidépresseur qu'il s'obligeait à s'administrer chaque jour pour ne pas s'effondrer. Envoie-t-il ce portrait, alors, parce qu'il pressent le sort qui l'attend – pendant un certain temps tu n'auras pas de lettre, dit-il à sa femme comme à sa fille – et que c'est la dernière chose qu'il peut faire pour protéger sa famille : montrer qu'il est un bon communiste, *perinde ac cadaver* ? Que les choses se passent comme quelqu'un l'a décidé, écrivait-il en février 1937, en dépit de leur absolue absurdité. Je me souviens des premiers mois, quand on me menaçait avec le sort de ma famille. C'est donc qu'on l'a menacé de s'en prendre à sa femme et à sa fille, sa « petite étoile ». Cette crainte peut expliquer ses récurrentes protestations de fidélité au Parti, sachant que toutes ses lettres passaient évidemment par le contrôle de la censure, que tout ce qu'il écrivait pouvait aller épaissir un nouveau dossier, contre lui, pour lui refuser la liberté une fois sa peine accomplie, et surtout contre cette femme et cette petite fille qui étaient les uniques lumières brillant dans sa nuit. Où que je regarde, écrivait-il en février 1936, à quoi que je pense, tout me semble sombre, angoissant, souvent désespérant, la seule lumière dans les ténèbres c'est vous, mes chéries. La crainte de voir la persécution s'abattre sur sa famille n'était nullement imaginaire : en vertu de « l'ordre opérationnel n° 00486 » du NKVD, quarante mille « épouses ou concubines » furent arrêtées et déportées pendant les années 1937-1938 (il était spécifié qu'on devait épargner celles qui avaient dénoncé leur mari…), et leurs enfants placés dans des orphelinats d'État. Il est donc possible, ou probable, que c'est dans l'espoir fragile de détourner de Varvara et Éléonora, femme et fille d'ennemi du peuple, les rigueurs de la police politique, qu'il leur envoya le portrait, fait de sa main, du dictateur, susceptible d'étendre sur elles sa protection à la manière des saintes icônes d'autrefois.

« Staline mourut sans qu'aucun plan l'eût prévu, écrit Vassili Grossman dans *Tout passe*, sans instruction des organes directeurs. Staline mourut sans ordre personnel du camarade Staline. Cette liberté, cette fantaisie capricieuse de la mort contenait une sorte de dynamite qui contredisait l'essence la plus secrète de l'État. » « Cette liberté soudaine, dit-il encore, fit frémir l'État comme il avait frémi lors de l'attaque soudaine du vingt-deux juin 1941. » Parmi les conséquences de ce trouble, de ce tremblement qui s'empare des organes dirigeants à la mort du dictateur, il y a les processus de révision des condamnations et de réhabilitation des victimes. Le vingt-neuf avril 1956, la juge militaire E. Varskaïa, adjointe du procureur général, adresse un recours au Collège militaire du Tribunal suprême de l'URSS. Il y est dit que les sentences prononcées contre Vangengheim le vingt-sept mars 1934 par le Collège de l'Oguépéou (dix ans de camp) et le neuf octobre 1937 par la troïka spéciale du NKVD de la région de Léningrad (peine capitale) ne peuvent être confirmées, et doivent être abrogées (les « troïkas » sont des juridictions d'exception composées de trois personnes, représentant le NKVD, la Procurature et le Parti de la région, et habilitées à prononcer toutes peines, hors présence de l'accusé et après examen ultra-rapide du dossier). Les témoignages recueillis contre Vangengheim, argumente la générale-major (c'est son grade dans la magistrature militaire), qui établissaient l'existence d'une organisation contre-révolutionnaire de sabotage dont il aurait été le chef, ne peuvent être retenus contre lui, dans la mesure où les témoins survivants se sont rétractés depuis. Certains témoignages auraient été obtenus par la violence. Vangengheim lui-même, après avoir, au début de l'instruction, admis son rôle dirigeant dans l'organisation contre-révolutionnaire, s'est ensuite dédit. Les vérifications menées dans les archives du ministère de l'Intérieur de l'URSS et du KGB n'ont révélé aucun élément sur une supposée activité d'espionnage ; elles ont en revanche confirmé que l'accusé avait été réprimé, avant 1917, pour sa participation au mouvement révolutionnaire. En foi de quoi l'adjointe du procureur général demande d'abroger la décision de l'Oguépéou du vingt-sept mars 1934 et celle de la troïka spéciale du neuf octobre 1937, et d'annuler l'instruction.

On est le vingt-neuf avril 1956. Cela fait deux mois que Khrouchtchev a prononcé, devant le vingtième congrès siégeant à huis clos, son fameux « rapport secret » dénonçant le « culte de la personnalité » et les crimes de Staline (enfin, pas tous, loin de là ; pas les crimes de masse ; ni ceux dans lesquels il avait trempé, lui, Khrouchtchev). Varvara apprend enfin que son mari, arrêté vingt deux ans plus tôt, dont elle est sans nouvelles depuis dix-neuf ans, n'a pas été condamné en 1937 à dix ans supplémentaires de camp sans droit de correspondance, comme on le lui a dit, mais à mort. Ce jour d'avril est le premier jour où elle ne va plus attendre son retour. Ses affaires qu'elle a conservées chez eux, au 7 Dokoutchaïev péréoulok, qu'elle a trimballées ensuite à Magnitogorsk, puis rapportées à Moscou quand la menace allemande s'est éloignée de la capitale, elles ne serviront plus jamais à rien. Des événements immenses se sont déroulés, une guerre mondiale s'est déchaînée, et lui il était mort. L'Allemagne nazie a été vaincue, l'empire russe s'est étendu à l'est de l'Europe, et il était mort depuis longtemps. Le petit père des peuples est mort, dont elle a le portrait en éclats de pierre ocre et gris et bruns, et lui, Alexeï Féodossiévitch, était mort depuis seize ans alors, sans qu'elle l'ait su, dans un lieu qu'elle ignore et ignorera toujours : l'État soviétique a la magnanimité de reconnaître ses regrettables erreurs, d'annuler *post mortem* une exécution capitale, mais pas de dévoiler les lieux de ses crimes (de ses « erreurs »). Elle apprend en même temps qu'il a été condamné à mort, et qu'il est officiellement innocent. La vérité a fini par éclater, comme il n'avait cessé de le croire, d'abord, puis de l'espérer, d'un espoir de plus en plus fragile – mais il n'est plus là pour connaître cette libération morale. Elle apprend qu'il a été condamné à mort, mais que la Procurature de l'URSS demande que cette condamnation soit abrogée… Et en effet, le dix août 1956, le colonel-juge P. Likatchev, président du Collège militaire du Tribunal suprême de l'URSS, signe un arrêté de réhabilitation : « La décision du Collège de l'Oguépéou du vingt-sept mars 1934 et la décision de la troïka spéciale du NKVD de la région de Léningrad du neuf octobre 1937 concernant Vangengheim Alexeï Féodossiévitch sont annulées. L'affaire est close par absence de corps du délit.

Vangengheim Alexeï Féodossiévitch est réhabilité à titre posthume. »

La mort est annulée. L'affaire est close. Pas tout à fait cependant. L'État soviétique n'a pas inventé la Résurrection des morts, mais un autre grand mystère, la multiplication des morts. Car pour que la sinistre comédie soit complète, un an plus tard, le vingt-six avril 1957, une tout autre administration, l'état civil du quartier Kouibychev de Léningrad, délivre à Varvara Ivanovna un « certificat de mort » (*svidiételstvo o smerti*) où il est écrit que Vangengheim Alexeï Féodossiévitch est décédé le dix-sept août 1942, d'une péritonite. Les mentions « lieu du décès », « ville, quartier », « région, république », ne sont remplies que par un trait d'encre violette. Ainsi, l'embrouillamini de demi-vérités tardives et de mensonges fait que le détenu Vangengheim, qui a embarqué avec mille cent quinze autres, à la fin du mois d'octobre 1937, pour Kem puis une destination inconnue, se trouve maintenant pourvu, vingt ans après, outre d'une innocence toute fraîche, de deux morts à deux dates différentes, et en deux lieux également inconnus.

2

Le trente juillet 1937, le « nabot sanguinaire » Nikolaï Iéjov, commissaire du peuple aux Affaires intérieures, avait signé l'ordre opérationnel n° 00447 du NKVD déclenchant ce paroxysme de violence politique qui allait durer seize mois et rester dans l'Histoire sous le nom de « Grande Terreur », par opposition avec la Terreur qu'on pourrait dire normale, qui était jusque-là le régime quotidien. Pendant ces seize mois terribles de la *Iéjovchtchina*, environ sept cent cinquante mille personnes seront fusillées (une moyenne de mille six cents exécutions par jour pendant les cinq derniers mois de 1937), et à peu près autant envoyées dans les camps. Sept cent cinquante mille fusillés, cela fait la moitié des morts militaires français de la Première Guerre mondiale, en moins de la moitié du temps. Sept cent cinquante mille, ce n'est pas un ordre de grandeur, c'est le total des chiffres compilés par le huitième département (« comptabilité-statistiques ») du NKVD lui-même, légèrement augmenté par les chercheurs de l'association Mémorial pour tenir compte des exécutions hors quotas, non comptabilisées. Ce total effarant n'inclut pas les nombreuses morts « naturelles », de faim, de froid, d'épuisement, dans les camps du Goulag pendant cette période.

L'ordre opérationnel n° 00447 visait les « ex-koulaks, éléments socialement nuisibles, membres des partis antisoviétiques, ex-gardes blancs, membres des sectes et du clergé, criminels et autres éléments antisoviétiques », soit quantité de gens très divers (religieux, menchéviks, socialistes-révolutionnaires, voleurs de bétail, et cette catégorie tchékhovienne des *byvchie*, les « gens du passé », englobant aussi bien les poètes que les propriétaires terriens). N'importe qui en fait, à la discrétion des agents de la Sécurité d'État. Pour chaque région ou république, des quotas de condamnations étaient exigés, afin d'« annihiler sans pitié » toute cette vermine, d'« en finir une fois pour toutes » avec ses activités. Les condamnations étaient ventilées en « première catégorie » (la mort) et « deuxième catégorie » (l'envoi en camp, le plus souvent pour dix ans). Ainsi, l'ordre n° 00447 exigeait pour Moscou et sa région cinq mille condamnations en « première catégorie » et trente mille en « deuxième » (c'est Khrouchtchev qui avait suggéré ces chiffres), pour la région de Léningrad respectivement quatre mille et dix mille. L'ordre n° 00447 est très complet, n'omet aucune région ou sous-région, certaines étant généreusement pourvues en cadavres, d'autres chichement dotées (cinq mille pour la région d'Azov-mer Noire, cent seulement chez les Kalmouks ou les Komis, cela allait créer des jalousies, inévitablement), il n'oublie aucun détail (par exemple, il est spécifié au point VI.2 : « Les sentences de première catégorie sont mises à exécution dans des lieux et dates fixés par le responsable du NKVD de la région ou de la république. L'exécution a lieu dans le plus grand secret concernant tant le lieu que la date »). Le total demandé dépassait un peu les soixante-quinze mille exécutions.

Le plan, pour une fois, allait être plus que réalisé, et le nombre des « condamnés de première catégorie » au titre de l'ordre n° 00447 multiplié par cinq. Car, afin de mieux « déraciner », « extirper », « nettoyer », « anéantir », chaque responsable régional du NKVD demandait que le quota de morts qui lui était alloué soit augmenté, et Staline ne manquait jamais d'encourager cette sinistre émulation entre ses chiens de chasse, apposant un large « accordé » au crayon rouge sur les requêtes qui lui étaient présentées – et qui, celles-là, étaient lues diligemment. Et les fosses communes ne s'ouvraient pas que devant les condamnés au titre de l'ordre n° 00447, il y avait encore, comme grandes pourvoyeuses de mort, les « opérations nationales » visant les ressortissants allemands, polonais, lettons, estoniens, grecs, roumains, coréens, les citoyens soviétiques ayant travaillé sur la ligne du chemin de fer de Kharbine, en Mandchourie, suspectés d'être des espions japonais, et finalement tous les immigrés, même réfugiés politiques, même membres de partis communistes étrangers. Ordre opérationnel n° 00693, point 1 : « J'ordonne d'arrêter immédiatement et de soumettre à un interrogatoire complet et approfondi tous les immigrés, quels que soient les motifs et les circonstances de leur passage en URSS. » Dans chaque région, les « troïkas » NKVD-Procurature-Parti, commissions d'assassins bureaucratiques composées pour l'occasion, étaient chargées de procéder aux condamnations à la chaîne, plusieurs centaines dans la journée souvent, immédiatement exécutoires.

C'est sous les meules de cette machine paranoïaque à broyer de l'homme que tombe sans le savoir le zek Vangengheim, qui purge sa peine de dix ans de camp, rêve, de moins en moins souvent, que justice va lui être rendue, et s'imagine qu'en tout cas il sera libéré en 1944. Voici exactement, telles qu'on peut les reconstituer aujourd'hui, les différentes étapes de ce processus qui aboutit, après force directives, mémorandums, procès-verbaux, paperasseries diverses, signatures et coups de tampon, à une balle dans la nuque. Dans l'ordre n° 00447, le quota de condamnations à mort « réservé » aux camps du NKVD est de dix mille. Sur ce chiffre, le seize août 1937, Iéjov précise à Zakovski, chef du NKVD de la région de Léningrad, que « le quota qui vous a été attribué pour le camp de Solovki est de mille deux cents » (ce quota initial sera en fait porté à un peu plus de mille huit cents). Le major Apeter, qui commande aux Solovki, établit alors sa liste et constitue, pour chacun des noms qu'il y porte, un « dossier » réduit, selon les instructions, à un simple résumé – état civil, condamnation en cours. Il envoie ça à la troïka spéciale, à Léningrad, qui dans la quasi-totalité des cas décide la mort. Tout ce processus « sans instruction supplémentaire ni accusation nouvelle », comme le soulignera en 1956 le recours de l'adjointe du procureur général aux fins de réhabilitation. Et sans que l'accusé soit prévenu, bien entendu, ni du réexamen de son cas, ni de sa condamnation. Mikhaïl Frinovski, l'adjoint de Iéjov (et futur fusillé avec lui), a bien insisté sur ce point dans un mémorandum à tous les chefs régionaux du NKVD : « Ne pas informer les individus en première catégorie de la sentence infligée. Je répète : ne pas informer. » C'est ainsi que, le neuf octobre 1937, la troïka spéciale du NKVD de la région de Léningrad, composée de Léonid Zakovski, président, de son adjoint Vladimir Garine et du procureur Boris Pozern, « AYANT PRIS CONNAISSANCE du cas numéro cent vingt, Vangengheim Alexeï Féodossiévitch, russe, citoyen soviétique, né en 1881 au village de Krapivno, région de Tchernigov de la RSS d'Ukraine, fils de noble et propriétaire terrien, enseignement supérieur, professeur, dernier lieu de travail : Service hydro-météorologique de l'URSS, ex-membre du parti communiste bolchévik, ex-officier de l'armée tsariste, condamné à dix ans de camp de rééducation par le travail par décision du Collège de l'Oguépéou en date du vingt-sept mars 1934, ARRÊTE : à fusiller (*Rasstreliat'*). »

Reste alors au major Apeter, aux Solovki, à rassembler les condamnés pour les remettre aux mains des exécuteurs. La manipulation de si grandes masses de morts en sursis pose aux gens du NKVD des problèmes de logistique, il faut se mettre à leur place ; aussi les mille huit cent vingt-cinq détenus que la troïka a jugés « à fusiller » sont-ils divisés en trois groupes : un de deux cents, qui sera liquidé aux Solovki mêmes, un autre de cinq cent neuf, transféré pour exécution dans la région de Léningrad, un troisième de mille cent seize, dont fait partie Vangengheim. C'est ce convoi que Iouri Tchirkov voit partir par une grise journée d'octobre 1937. Le capitaine du NKVD Mikhaïl Matveïev reçoit mission de récupérer les condamnés à Kem. Vous devez « procéder à leur exécution selon les instructions qui vous ont été données en main propre », spécifie l'ordre signé par le commissaire de premier rang du NKVD Zakovski et le lieutenant Iégorov, commandant du troisième secteur de la direction de la Sécurité d'État. « Vous rendrez compte au retour. » Quelles sont ces instructions ? Quel macabre terminus a été fixé au convoi ? L'ordre n° 00447 prescrit aux bourreaux, on l'a vu, « le plus grand secret concernant tant le lieu que la date » des exécutions. Dans le cas du convoi des Solovki, ce secret demeurera inviolé pendant soixante ans, jusqu'à 1997. Varvara Ivanovna mourra, en 1977, sans savoir où ni quand, ni dans quelles circonstances son mari a été tué. Peut-être cela valait-il mieux. C'est à l'action opiniâtre de quelques francs-tireurs de l'association Mémorial que l'on doit de savoir aujourd'hui quelle fut la fin du météorologue et de ses compagnons de supplice.

3

La suite de l'histoire m'est racontée par deux des trois personnes qui ont fini par découvrir, au terme d'une longue enquête, le lieu et les circonstances des exécutions : Irina Flighé et Iouri Dmitriev – la troisième, Véniamine Ioffé, est morte depuis. Mais avant d'en venir à leur récit, je ressens le besoin d'une mise au point, que voici : les bourreaux étaient méticuleux, obsédés du secret mais paperassiers, expéditifs mais archivistes ; pour faire comprendre leur façon de procéder (verbe qui ici veut dire : tuer, et tuer en masse), il me semble qu'il faut être méticuleux aussi, paperassier jusqu'à un certain point. Indiquer les dates, les grades, les signatures au bas des actes, quand on les connaît. Au prix d'une certaine lourdeur peut-être. Dire quels étaient leur vocabulaire, les catégories, les mots qu'ils employaient pour désigner l'entreprise criminelle de masse dont ils étaient les agents. Il n'est pas indifférent de savoir que la mort se quantifiait en quotas, et s'appelait « condamnation de première catégorie ». Il faut le faire parce que c'est ainsi, en ne négligeant pas les détails, qu'on peut rendre compte d'une entreprise de meurtre de masse qui fut aussi une bureaucratie tatillonne, et d'autre part parce que ces noms, ces grades, ces dates, ces paperasses, tous ces « détails » ont été arrachés, par des chercheurs et des militants, des chercheurs militants, comme Irina et Iouri, au secret dans lequel les tueurs voulaient qu'ils demeurent ensevelis. Ce sont des prises de guerre.

Irina Flighé est la responsable de Mémorial à Saint-Pétersbourg. Maigre, vive, passionnée, ne lâchant le téléphone que pour griller une clope (encore manie-t-elle très bien les deux à la fois), il émane d'elle cet enthousiasme désintéressé qui fait parfois la beauté de la figure, si dépréciée aujourd'hui, du militant. Son domaine, les locaux de Mémorial, un appartement labyrinthique au fond d'une cour de la rue Rubinstein, aux murs tapissés d'affiches, aux étagères encombrées de piles de brochures, de rapports, de dossiers sur lesquels traînent des tasses de café ou de thé oubliées, de vieilles machines à écrire qui ont tapé des samizdats, me rappelle des locaux politiques que j'ai connus autrefois, où l'on se consacrait à des causes moins avouables. « Par un ami d'Antonina Sotchina », raconte-t-elle (Antonina, c'est la vieille dame aux confitures évoquée au tout début de ce récit, chez qui j'ai découvert les dessins et herbiers qu'Alexeï Féodossiévitch envoyait à sa fille), « par un ami d'Antonina qui avait eu accès aux archives du KGB d'Arkhangelsk, on savait que la troïka de Léningrad avait prononcé mille huit cent vingt-cinq condamnations à mort en octobre 1937, mais c'est tout ce qu'on savait, ce qui était advenu ensuite, on l'ignorait, les condamnés s'étaient comme volatilisés. Au début des années quatre-vingt-dix, il y avait une centaine de personnes, des descendants de ces disparus de 1937, qui cherchaient à percer ce mystère. Les plus actifs harcelaient le FSB (successeur du KGB, lequel avait lui-même succédé au NKVD), les moins actifs nous harcelaient nous. Tous les ans on se retrouvait aux Solovki, pour les journées de la Mémoire, en juin. On prenait le train, le bateau ensemble, on partageait des dortoirs. Il y avait une énergie collective. On sentait que ça allait aboutir – et ça a abouti. »

« Au début, l'hypothèse qui semblait la plus logique était que les exécutions aient eu lieu aux Solovki mêmes. Mais, en juin 1990, la veuve de Tchirkov a apporté le manuscrit, non publié, de son mari » (Iouri Tchirkov, qui n'avait été définitivement libéré qu'à la mort de Staline, était mort en 1988, avant d'avoir achevé le récit de ses souvenirs ; curieusement, il était devenu météorologue, comme Vangengheim, titulaire de la chaire de météorologie et climatologie de l'académie d'agronomie Timiriazev, à Moscou), « et nous y avons découvert la mention du départ du convoi vers Kem, en octobre. Cela correspondait aussi à des indices trouvés sur les îles, qui semblaient indiquer un grand départ le dix-sept octobre, par exemple cette inscription gravée sur un appui de fenêtre en bois : "180 de Léningrad, accusés d'activités contre-révolutionnaires trotskistes, ont été détenus ici du 12.11.36 au 17.10.37", ou bien celle-ci, sur un mur de l'île d'Anzer : "205 KRTD (activités contre-révolutionnaires trotskistes) sont partis le 17.10.37 pour l'inconnu". Et cela correspondait aussi à l'intuition de Véniamine Ioffé, ancien zek lui-même, qui pensait que des exécutions aussi massives ne pouvaient avoir eu lieu sur les îles, car elles n'auraient pu être tenues secrètes dans un espace aussi confiné. »

« Les recherches s'orientent alors vers différents lieux possibles, Kem, Arkhangelsk, en vain. Mais, bribe par bribe d'information, on s'approche de la vérité. Tout le monde participe, chaque fausse piste est vite repérée et abandonnée. Sergueï Krivenko, un membre moscovite de Mémorial, parvient à récupérer, au FSB de Saint-Pétersbourg, les "notes d'accompagnement" par lesquelles le major Apeter remettait les condamnés au capitaine Matveïev. Il n'y a rien d'autre sur ce Matveïev à Saint-Pétersbourg, à part la mention d'une récompense – une montre en or – qu'il a obtenue pour avoir mené à bien, avec efficacité, une exécution de masse : probablement notre convoi. Mais à peu près à cette époque (1996) un ex-colonel du KGB, Loukine, publie un livre d'autojustification où il évoque Matveïev, révélant que, pour cette opération si rondement menée, sa base arrière était la ville de Medvejégorsk, en Carélie. »

Medvejégorsk – « la montagne de l'ours » – était la « capitale », si le mot convient, du complexe de camps voués au percement du canal de la mer Blanche. Étant donné le nombre de *bitchs* – d'« ex-intellectuels » – déportés dans ces camps, c'était aussi, selon le mot de l'un d'eux, « la capitale de l'intelligentsia russe dans les années trente ». C'est aujourd'hui une bourgade dans laquelle on n'a pas tellement envie de s'éterniser. À la sortie est de la ville on longe les hautes palissades de bois, les miradors et les barbelés de la « zone », vestiges du Goulag. Au centre, sur la rue Dzerjinski, la haute façade lépreuse, aux vitres cassées, de ce qui fut le grand hôtel construit pour y loger Staline venu inaugurer, en 1933, le canal portant son nom. Il abrite un marché couvert et le petit musée. Devant, la statue de Kirov et un tank T-34 commémorant la libération de l'occupation germano-finnoise. Quelques grues rouillées, des tas de houille et de grumes : c'est le port, sur le lac Onéga. Tout ça (avec les Lada et Jigouli boueuses cahotant par les rues défoncées, les hautes cheminées grêles des chaufferies, les canalisations aériennes) compose un paysage horriblement soviétique. La chose jolie de Medvejégorsk, c'est la gare en bois, espèce de datcha ferroviaire construite en 1916 sur la ligne de Mourmansk, et qui a miraculeusement survécu à trois guerres, la première mondiale, la seconde, et la guerre civile. Et vu passer nombre de convois d'esclaves. Beaucoup de fantômes errent sur ses quais. C'était donc à Medvejégorsk, explique Irina, qu'il fallait concentrer les recherches.

Or justement à Medvejégorsk, quelques années auparavant, un ancien colonel de la milice devenu député à la Douma et militant de Mémorial, Ivan Tchoukhine, enquêtant sur l'histoire de la construction du canal, était tombé sur le dossier du procès intenté en 1939 à deux commandants de camp locaux, Alexandre Chondyche et Ivan Bondarenko, et au capitaine Matveïev. (Comme elles semblent lointaines, ces années quatre-vingt-dix où les archives du KGB/FSB étaient accessibles et où un militant de Mémorial pouvait être député à la Douma...) En 1996, Tchoukhine était mort d'un accident de la route, mais Irina Flighé et Véniamine Ioffé, venus de Pétersbourg, découvrent ses recherches, en même temps qu'ils rencontrent Iouri Dmitriev, qui fut son adjoint. Chondyche, Bondarenko et Matveïev avaient été accusés d'« excès de pouvoir » dans une exécution de masse, celle précisément du convoi des Solovki. 1939, c'est l'époque où Staline prétend soudain découvrir les excès de la Grande Terreur et rétablir la « légalité socialiste », et fait tomber quelques têtes expiatoires, dont pour commencer celle de Iéjov. Les trois salauds qu'on inculpe d'excès de pouvoir, on ne leur reproche pas d'avoir exécuté froidement plus de mille personnes, pour ça ils ont même été récompensés, mais on leur reproche de ne pas y avoir mis les formes, d'avoir été un peu brutaux avec les gens qu'ils menaient à l'abattoir. Chondyche et Bondarenko tentent de se défausser sur Matveïev. En vain, puisqu'ils seront condamnés à mort et exécutés, tandis que Matveïev s'en tirera avec dix ans, dont il n'accomplira même pas trois.

Il est temps de présenter Mikhaïl Matveïev, exécuteur du NKVD, un de ces individus tarés qui prospèrent dans les polices politiques des dictatures, type humain abject qu'on retrouve, identique, dans la Gestapo, les gangs tortionnaires des juntes militaires chilienne ou argentine, ou plus près de nous les sbires de Tripoli ou Damas. C'est par sa main, puisqu'il met son honneur à ne pas déléguer le soin de tuer, qu'il n'est jamais las du sang, c'est par sa main que va mourir Alexeï Féodossiévtch Vangengheim. Il est un peu facile sans doute de trouver une sale gueule à un type dont on sait qu'il est un bourreau, mais franchement il y a quelque chose d'invinciblement bas – joues et bouche tombantes, cou épais, nez pointu – dans les photos d'identité judiciaire prises en 1939. Il est né en 1892, n'a fait que deux ans d'études élémentaires, est devenu aide-serrurier à l'usine « Volcan », mais ce n'était pas sa vocation, ce n'était pas les gâchettes des serrures qu'attendaient ses doigts. La guerre civile le voit participer à la prise du palais d'Hiver (qui ne fut nullement l'événement héroïque que fabriqua Eisenstein), mais c'est comme chargé des exécutions, un poste qui a de l'avenir, qu'il intègre la police politique en 1918. En récompense de son boulot, qu'il fait avec ardeur (ce n'est pas, lui, un

« saboteur »), il reçoit des distinctions qui portent des noms de revolver, Browning, Walther. Des montres en or, des postes de radio Radiola. Des gâteries pour un bourreau. Il prend donc en charge à Kem le convoi des mille cent seize condamnés des Solovki – ils ne seront plus que mille cent onze à la fin du voyage, l'un étant mort en chemin, et quatre autres ayant été réclamés à des fins d'instruction. Il les fait embarquer dans des wagons à bestiaux à destination de Medvejégorsk, en plusieurs contingents, l'« isolateur » local ne pouvant contenir plus de trois cents personnes.

Les réponses de Matveïev, lorsqu'il est interrogé en 1939, sont glaçantes. Il y a eu, au cours de la première « fournée » d'exécutions, le vingt-sept octobre, une tentative d'évasion d'un détenu qui avait réussi à dissimuler un couteau. Alors il conçoit une chaîne destinée à éviter toute mauvaise surprise. À Medvejégorsk, le condamné passe dans une première baraque où l'on vérifie son identité et le déshabille, sous prétexte de visite médicale, puis une deuxième, en enfilade, où on lui lie les mains et lui entrave les jambes, et enfin une troisième où, s'il se montre récalcitrant, on l'étourdit avec une sorte de casse-tête fabriqué spécialement pour la circonstance, avant de le jeter dans la benne d'un camion. Vingt à vingt-cinq condamnés par benne, recouverts d'une bâche sur laquelle s'assoient les gardes. Matveïev n'est pas content des conditions de travail, il n'a disposé que de trois ou quatre gardes par camion alors que la norme est de huit plus un chien. Il a demandé des camions supplémentaires, et au lieu de camion on lui a fourni des pneus. Le lieu de l'exécution est « en forêt », sans plus de précision – il n'y a guère que de la forêt, autour de Medvejégorsk. On creuse de grandes fosses, on y précipite les condamnés, on les retourne face contre terre et on les tue d'une balle dans la nuque. Pas « on », mais lui personnellement, Matveïev. Quand on lui demande s'il a vu certains de ses hommes tabasser des condamnés, il répond que c'est arrivé, en effet, mais qu'il n'a pas pu le voir, car il était en bas, dans le trou, avec son revolver Nagant. De temps en temps, quand il est fatigué, quand il a envie de se détendre, de fumer une cigarette, il remonte et confie le boulot à son adjoint le lieutenant Alafer, mais dans l'ensemble, c'est lui qui est en bout de chaîne, ses bottes dans la boue sanglante, pleine de cervelle. Chaque jour, chaque nuit plutôt, car ces choses-là se passent de nuit, le vingt-sept octobre 1937 et du premier au quatre novembre (l'interruption de quatre jours ayant servi à mettre au point la procédure anti-évasion), il expédie entre deux cents et deux cent cinquante contre-révolutionnaires. Et en plus il doit signer les actes attestant que chaque sentence a été exécutée. Bref, il travaille d'arrache-pied, il n'a pas volé sa montre en or.

4

Au printemps 1997, résume Irina Flighé, on sait qu'il y a eu mille cent onze exécutions, que cela s'est passé dans la forêt, aux environs de Medvejégorsk, et on sait même qu'environ dix-neuf kilomètres séparent l'isolateur des fosses communes, parce que dans le dossier du procès de 1939 Matveïev cite ce chiffre, se plaignant de l'état des routes pour souligner la difficulté de son « travail ». Il n'y a pas trente-six routes qui sortent de Medvejégorsk, mais de toute façon on sait que celle qui nous intéresse est celle qui file, à l'est, vers Povénets et les écluses sept et huit du canal, car à un moment un camion est tombé en panne, à cause précisément du mauvais état de la chaussée, et aussi de la vétusté du camion, et Matveïev dit qu'il a eu peur que les habitants du village de Pindouchi n'entendent quelque chose, cris des prisonniers ou jurons des hommes d'escorte du NKVD. Or Pindouchi est sur la route de Povénets. Donc, le lieu de l'exécution est quelque part entre Pindouchi et Povénets.

À présent, notre guide va être Iouri Dmitriev, un de ces personnages comme il semble que seule la Russie peut en produire. La première fois que je le rencontre, c'est dans une baraque à l'intérieur d'une zone industrielle en ruine entourée de hauts murs, à la lisière de Pétrozavodsk, la capitale de la Carélie. Portiques rouillés, montagnes de pneus usagés, tuyauteries tordues, tas de vieilles gaines d'amiante, carcasses automobiles, sous des nuages bas que semblent érafler les cheminées de briques : Iouri est le gardien de ces lieux où se concentre et s'épure une qualité d'abandon qui caractérise nombre de paysages urbains ou périurbains russes. Émacié, barbe et cheveux gris tenus par un catogan, vêtu d'une vieille veste de treillis de l'armée, il promène au milieu des épaves une dégaine de fol-en-christ mâtiné de vieux pirate pomore. « En 1989, raconte-t-il, une excavatrice a déterré par hasard un tas d'ossements humains. Les fonctionnaires locaux, les chefs militaires, la Procurature, tout le monde est venu voir, personne ne savait que faire, personne ne voulait prendre de responsabilités. Si vous n'avez pas le temps, ai-je dit, moi je vais m'en occuper. Il a fallu deux ans pour prouver qu'il s'agissait de victimes des "répressions" (c'est ainsi qu'on désigne ces massacres en russe, *répressia*). On les a enterrés dans l'ancien cimetière de Pétrozavodsk. Après la cérémonie, mon père m'a avoué que son père avait été arrêté et fusillé en trente-huit. Jusque-là, on me disait que le grand-père était mort, point. Alors est venu le désir de connaître le destin de ces gens, et j'ai commencé à travailler, avec Ivan Tchoukhine dont j'étais l'adjoint, au *Livre de la mémoire de Carélie*, qui réunit des notices sur quinze mille victimes de la Terreur. Pendant plusieurs années je suis allé travailler aux archives du FSB. Je n'avais pas le droit de photocopier, donc j'apportais un dictaphone pour dicter les noms et les recopier à la maison. Pendant quatre ou cinq ans, je me suis couché avec un seul mot en tête : "*rastrelian*, fusillé". Et un jour de mars 1997, on a mis une autre table dans le local des archives, pour un couple qui recherchait le dossier Matveïev et enquêtait sur l'histoire du convoi des Solovki. C'étaient Irina et Véniamine Ioffé. Nous avons décidé de réunir nos efforts et l'été suivant, en juillet 1997, on est allés sur le terrain, avec ma fille et la chienne Sorcière. »

À Medvejégorsk, les autorités locales mettent à leur disposition un groupe de soldats, pour creuser. Ils se rendent, Irina, Véniamine, Iouri, sa fille, la chienne Sorcière et les troufions, au dix-neuvième kilomètre de la route de Povénets, après Pindouchi. Il y a là une ancienne sablière. Des vieux de la région croyaient se souvenir que des exécutions avaient eu lieu là, autrefois. La première journée, ils creusent en vain, ne trouvent qu'un os : de vache. Le lendemain, Iouri part avec un lieutenant et Sorcière explorer les environs. « En travaillant dans les archives, j'avais trouvé un procès-verbal des instructions du NKVD : il fallait que l'endroit soit suffisamment éloigné de la route pour que d'éventuels voyageurs ne puissent voir ni le feu allumé par l'escorte, ni les phares des camions, ni entendre les coups de feu, que les détenus ne puissent pas s'enfuir. Tout en expliquant ça au lieutenant, je regarde autour de moi et je me dis : "Si la Patrie m'avait donné l'ordre, où l'aurais-je fait ?" » (Il faut espérer, et je crois d'ailleurs, qu'il ne l'aurait pas fait.) « Ici, trop près de la route. Plus loin, on n'aurait pas vu le feu, mais on aurait entendu les coups de feu. Plus loin, là, ce serait bien. En bas de la troisième petite colline. Et tout en pensant ça, je vois autour de nous des dépressions carrées dans le sol, beaucoup. » Il faut savoir (je l'ai appris de Iouri et Irina) que la décomposition des corps provoque un affaissement du sol de dix à trente centimètres, et que c'est un des indices qui permettent de repérer une fosse commune ancienne, ainsi qu'un changement dans la végétation, l'herbe, par exemple, ou des buissons, remplaçant la mousse. « On revient, je prends deux soldats avec des pelles, et une heure et demie plus tard, je tenais le premier crâne avec un trou dans la nuque. »

5

Le lieu s'appelle Sandarmokh – prononcer « Sandarmor » –, nom qui signifierait, selon Iouri, « le marais de Zacharie » dans un mélange de russe et de carélien. Il se trouve au bout d'une route en terre, à huit cents mètres à gauche de la route de Povénets. L'hiver, il est difficilement accessible, on enfonce parfois dans la neige jusqu'à la taille. « Majestueuses et belles sont les forêts séculaires de la région d'Onéga », écrit Julius Margolin, un Juif polonais qui y fut déporté en 1940, avec des dizaines de milliers d'autres, pour avoir « franchi illégalement la frontière de l'URSS », fuyant l'avance nazie. « L'hiver, c'est le royaume des étendues blanches, des chatoiements opale, un Niagara de neige avec des aurores ambre, azur ou roses pareilles à des ciels d'Italie tels qu'on les voit sur des aquarelles. » Sur un rocher, à l'entrée du site, aujourd'hui, cette seule inscription : *Lioudi, nié oubivaïtié droug drouga*, « Hommes, ne vous tuez pas les uns les autres ». Je ne connais pas d'inscription plus juste que celle-là, si rigoureusement simple, sans aucune mention politique, religieuse, historique, sans invitation à la vengeance ni même à la Justice, en appelant seulement à la Loi morale. Il y a plus de trois cent soixante fosses dans la forêt, de tailles variables. Plus de sept mille personnes ont été exécutées ici entre 1934 et 1941, dont les onze cent onze du convoi des Solovki, en cinq jours, les vingt-sept octobre, premier, deux, trois et quatre novembre 1937. Il y a de discrets monuments aux morts polonais, juifs, musulmans, lituaniens, ukrainiens, mais surtout, sous les hauts troncs gris et rouge des pins qui feuillettent la lumière, l'autre futaie, plus basse, des *goloubtsy*, les « pigeonniers » : un poteau de bois fiché en terre, surmonté d'un petit toit à double pente pour abriter la colombe de l'âme. Clouée sur le poteau, la photo du mort, qui est parfois une morte, comme cette belle Nina Zakharovna Delibache au regard farouche, une économiste géorgienne fusillée le premier novembre 1937 à l'âge de trente-quatre ans. Dans le convoi des Solovki, donc. Il est injuste sans doute que la beauté d'une fusillée augmente soudain l'émotion qu'on éprouve à croiser ces regards assassinés, mais c'est ainsi, il faut le reconnaître.

Visages de la forêt des fusillés. Tous parlent de la vie d'avant, pas grande sans doute, mais vivable, abritant un espoir, d'amour, de famille, de promotion, de justice, une vie que n'avait pas encore saccagée l'incompréhensible violence de l'État. Ivan Alexeïevitch Vassiliev, Pavel Nikolaïevitch Bélov, en casquette de soldat. Ivan Iéfimovitch Maximov, un pope en habits sacerdotaux. Dmitri Trofimovitch Kotchanov, un homme jeune, cravaté, à l'air timide, les cheveux brillantinés. Alexeï Sergueïévitch Sergueïev, qui ressemble un peu à Faulkner, en plus sympathique, plus paysan, moins arrogant, fusillé le premier novembre 1937. Ivan Ivanovitch Mikhaïlov, au regard grave sous la casquette. Urho Kinnunen, un Finlandais. Ivan Ivanovitch Avtokratov, fusillé le deux novembre 1937. Les trois frères Pankratiev, Pavel, Dmitri et Sémion, fusillés en trente-sept et trente-huit. Ivan Alexeïévitch Iéfimov, Alexandre Alexeïévitch Vlassov, Andreï Sidorovitch Iéfimov, Iéfim Porfirovitch Dikii, Anton Iossifovitch Nijinskii, Piotr Vassiliévitch Bourakov, au visage poupin et enjoué, qui travaillait au combinat de pâte à papier de Kondopoga, et avait l'air (pour autant qu'un instantané puisse dire ces choses-là) de s'imaginer un avenir heureux. Matveï Gordeïévitch Laïkatchev, qui a une moustache sombre, un bon regard candide, une chapka lustrée. Et puis Alexeï Féodossiévitch Vangengheim, météorologue. Les fleurs artificielles jettent de vives taches de couleur parmi tous ces morts. Rumeur du vent dans les hautes cimes des pins, chants d'oiseaux, aucun autre bruit. Dans ce lieu si paisible aujourd'hui se sont déroulées des scènes infernales.

6

Isolateur de Medvejégorsk. Combien sont-ils dans la cellule, je ne sais pas. On appelle son nom. Les gardes le mènent dans une baraque où l'on relève son identité, nom Vangengheim, prénom Alexeï, patronyme Féodossiévitch, né le 23 octobre 1881 à Krapivno, gouvernement de Tchernigov, République socialiste soviétique d'Ukraine... Combien de fois a-t-il répondu à ce questionnaire depuis le jour, il y a presque quatre ans, où Gazov et Chanine l'écrouaient à la Loubianka... On le fait se dévêtir, c'est pour une visite médicale. On le pousse dans une autre baraque, et là des sbires lui saisissent les bras, les retournent dans le dos, lui lient les poignets, le jettent à terre, lui entravent les jambes. S'il avait encore des doutes sur le sort qui l'attendait (c'est peu probable), à cet instant il sait que le Parti en lequel il mettait sa confiance, dont il s'interdisait de désespérer, va l'abattre comme un animal de boucherie – lui et tous les autres. C'est peu probable, et en même temps il est impossible qu'il ait jamais pu imaginer cette infamie. On lui ôte son alliance. Il essaie peut-être de résister, alors les tueurs le frappent, à coups de ce casse-tête nommé *kolotouchka* qu'a fait fabriquer Matveïev, ou encore d'une sorte de piolet qui est l'instrument de travail de

Bondarenko. On le traîne dans une salle où sont déjà allongés d'autres corps ligotés, certains ensanglantés. Lingots de chair humaine. « L'homme est le capital le plus précieux », a écrit le camarade Staline. Lorsque le chiffre est atteint, une cinquantaine, on les jette dans la benne de deux camions. Les gardes les tassent à coups de botte, étendent sur eux une bâche, s'assoient dessus, les camions démarrent. Corps nus, collés les uns aux autres, entravés, piétinés, sanglants, tremblants de froid et d'horreur : voilà la fraternité incontestable dont a accouché la Révolution. Ce genre de pensée lui traverse-t-il l'esprit ? Pense-t-on à quelque chose lorsqu'on est mené, lié, à l'abattoir ? On est au début de novembre, sans doute la première neige est-elle tombée, le lac Onéga doit être en train de geler. Les camions avancent lentement, cahotant sur la mauvaise route, puis sur la piste en terre, phares tressautant dans la nuit, ils mettent près d'une heure à arriver à destination. Dans la forêt, un grand feu brûle, autour duquel les hommes du NKVD se réchauffent, fument, boivent de la vodka, plaisantent. Ils ne sont pas impressionnés, ils ont l'habitude, ils travaillent pour les camps du canal, et le canal est un grand mangeur d'hommes. Ils ont creusé plusieurs fosses, pas très grandes, trois ou quatre mètres sur deux. Ils sont une vingtaine, il y a d'autres camarades un peu plus loin. Certains sont ivres. Il y a d'autres fosses un peu plus loin, fraîchement refermées, la terre retournée fume encore dans l'air froid. Le feu fait danser de grandes ombres sous les arbres, des tourbillons d'étincelles montent entre les troncs. Les gardes descendent des camions, demandent du monde pour décharger. Il faut se dépêcher, on n'a pas de temps à perdre, les camions doivent retourner à Medvejégorsk pour une autre fournée, ils ne seront pas de retour avant deux heures. On tire les suppliciés, on les fait tomber des bennes, comme des rondins, on les traîne par terre, ils sont nus ou en linge de corps, les bourreaux ont des vestes ouatinées et des chapkas, ils se moquent d'eux comme des hommes bien vêtus peuvent se moquer d'hommes nus, comme ceux qui vont vivre et tuer peuvent se moquer de ceux qui vont mourir, comme les centurions romains se moquaient du Christ. Les chiens aboient, excités. Le capitaine Matveïev finit sa cigarette, jette le mégot dans le feu, boit un coup de vodka, s'essuie la bouche, saute dans la fosse, arme son Nagant.

7

La seule, mince, satisfaction que procure l'étude de ces temps sauvages, c'est de constater que presque toujours les fusilleurs finiront fusillés. Pas par une Justice populaire, ou internationale, ou divine, fusillés non par la Justice, mais par la tyrannie qu'ils ont servie jusqu'à l'abjection. Mais fusillés quand même, et ça fait du bien de l'apprendre. On cherche leur notice biographique, quand ils en ont, et ça se termine presque toujours par *rastrelian*, fusillé le tant. Cette autodestruction des bourreaux montre la folie de l'époque. Dans cette histoire : Iagoda, chef du NKVD, fusillé, comme Prokofiev, son adjoint, qui signa l'ordre d'arrestation de Vangengheim, Iéjov, son successeur, fusillé, Frinovski, l'adjoint de Iéjov, fusillé, fusillés Apressian et Chanine, deux des interrogateurs de Vangengheim à la Loubianka, fusillé le procureur Akoulov, fusillé le major Apeter, chef de la prison des Solovki, fusillés Zakovski et Pozern, deux des trois de la troïka spéciale de Léningrad. Pas Vychinski, malheureusement, qui fera une belle carrière d'ambassadeur à l'ONU après guerre et mourra dans son lit, pas non plus Mikhaïl Matveïev, le serrurier sanglant. Celui-là finira alcoolique à Léningrad, chassé du NKVD non à cause des crimes qu'il a commis, bien sûr, mais parce qu'il a épousé une Estonienne, autant dire une espionne potentielle…

IV

J'ai raconté aussi scrupuleusement que j'ai pu, sans romancer, en essayant de m'en tenir à ce que je savais, l'histoire d'Alexeï Féodossiévitch Vangengheim, le météorologue. Un homme qui s'intéressait aux nuages et faisait des dessins pour sa fille, pris dans une histoire qui fut une orgie de sang. Qu'est-ce qui a fait basculer sa vie dans la longue épreuve de la déportation et de la séparation, puis dans l'épouvante de la fin ? À partir de quand, de quelle dénonciation calomnieuse, de quel incident passé inaperçu, de quelle plaisanterie imprudente se déclenche le processus inexorable qui aboutit à l'arrestation, le huit janvier 1934, puis à l'exécution, le trois novembre 1937 ? Je ne le sais pas précisément, et personne, apparemment, ne le sait plus. Il n'était pas besoin de grand-chose, à cette époque, pour se retrouver avec le canon d'un revolver sur la nuque. Le plus probable – le plus plausible – est que celui qui est à l'origine du fatal enchaînement est son subordonné Spéranski, celui qui dénonçait « la propagande de classe étrangère », « le courant menchéviste manifeste » dans la revue dont Vangengheim était le directeur. Peut-être prenait-il le risque d'attaquer son supérieur par conviction lénino-stalinienne en béton armé, mais le plus probable est tout de même qu'il le faisait par jalousie et ambition. Spéranski était, jusqu'en 1932, à la tête du Service hydro-météorologique de la République de Russie, qui avait été dissous et absorbé par le Service météo unifié de l'URSS dirigé par Vangengheim, il pouvait en concevoir du dépit et rêver d'une vengeance. De toute façon, une dénonciation tombait à pic : il fallait trouver des boucs émissaires pour les désastres de l'agriculture collectivisée, et les responsables des prévisions météorologiques étaient des candidats tout désignés à ce rôle. Et au-delà de ces « raisons », il ne faut pas oublier que sous Staline tout citoyen de l'URSS était un coupable potentiel, il s'agissait seulement de découvrir de quoi, et c'était la tâche des « organes ».

Je n'ai pas caché les faiblesses d'Alexeï Féodossiévitch, quand je les connaissais. Je n'ai pas cherché à en faire un héros exemplaire. Ce n'était ni un génie scientifique ni un grand poète, c'était à certains égards un homme ordinaire, mais c'était un innocent. D'autres ont été plus lucides sur Staline et le stalinisme, ont compris plus vite que lui à quel prix de sang se faisait la « construction du socialisme ». « Je n'ai pas perdu et ne perdrai jamais ma confiance dans le Parti. Il y a des moments où je perds cette confiance, mais je lutte et ne me laisserai pas abattre », écrivait-il en juin 1934, alors qu'il était encore au camp de transit de Kem ; il n'est pas certain qu'il ait compris, avant les tout derniers jours, peut-être même les dernières heures, alors que déjà les hommes de main du NKVD étaient en train de creuser la fosse qui allait l'ensevelir, à quel point sa confiance était mal placée. Quand prit fin son aveuglement, on ne peut plus le savoir, la seule chose dont on peut être sûr est que cette lucidité *in extremis* dut être atroce. D'autres ont été plus révoltés ; j'ai évoqué la figure de cette femme intraitable, Evguénia Iaroslavskaïa-Markon, qui essaya d'organiser l'évasion de son mari, et finit fusillée en insultant ses bourreaux. Vangengheim n'était pas de ces tempéraments radicaux. C'était un homme qui aimait sa famille, avec un amour tout particulier pour sa fille, sa « petite étoile », un homme qui aimait son métier, et sans doute aussi l'époque qu'il vivait, qui lui semblait celle de grandes conquêtes politiques et scientifiques. « Que notre fille, écrit-il dans une de ses premières lettres des Solovki, devienne une travailleuse pleine d'abnégation comme nous l'avons été. Transmets-lui mon ardeur. Elle connaîtra un temps encore plus passionnant que le nôtre. » C'était un homme qui peut-être ne se posait pas assez de questions – mais il est facile évidemment de dire ça trois quarts de siècle plus tard. Un homme, en somme, qui les valait tous, et que valait n'importe qui, avec son honnêteté, sa fidélité, sa part de conformisme et de crédulité.

Je pourrais prétendre que c'est en raison de ce caractère « moyen », et donc représentatif, que j'ai entrepris de raconter la vie et la mort, la passion de cet homme : mais ce serait mentir, sociologiser abusivement un propos qui doit beaucoup plus à l'accident. C'est, je l'ai dit, la découverte des dessins de Vangengheim, en 2012, chez Antonina qui est morte à présent, c'est la beauté du lieu où s'était faite cette découverte, cette forteresse sacrée au milieu de la mer (sacrée surtout, pour moi, par la souffrance humaine qu'elle a enfermée), c'est la rencontre, plus tard, de gens qui avaient bien connu sa fille, qui ont fini par me convaincre de me mettre à enquêter puis à écrire. Mais ce n'est pas tout, cela ne suffit pas. Il y a quelque chose d'autre, quelque chose de personnel dont il ne me paraît pas indécent d'essayer de parler maintenant, au terme de ce récit. Qu'est-ce qui m'intéresse, me concerne, dans cette histoire qui n'est pas la mienne, ni celle dont je descends directement – je ne parle pas de l'histoire du météorologue seulement, mais de celle de l'époque terrible où il vécut et mourut ? Et d'abord qu'est-ce qui m'intéresse dans ce pays, la Russie, qui fait si peu d'efforts pour être aimable, et qui d'ailleurs ne séduit personne – c'est une litote – dans la partie du monde où j'habite ? Personne, ni moi non plus, d'ailleurs. Et ce n'est pas ce livre qui va le rendre plus aimable...

Et pourtant, depuis bientôt trente ans, je m'entête à y revenir. Alors ? Depuis mon premier voyage là-bas, en 1986, dans ce pays qui s'appelait encore l'URSS, j'ai bien dû y retourner plus de vingt fois (presque autant qu'Aragon, mais dans d'autres circonstances et pour d'autres raisons tout de même...) : que de temps volé à de plus agréables destinations... À la fin du petit livre que j'avais écrit alors, *En Russie*, je me demandais si j'éprouvais quelque émotion au moment de quitter un pays dans lequel je n'avais « aucune raison de revenir jamais » : des raisons, il faut croire que j'en ai trouvé depuis. Il n'est aucun pays du monde que j'aie, en fin de compte, fréquenté si assidûment. J'ai fait lire et commenter des textes de Michaux et de Claude Simon à des étudiantes d'Irkoutsk (je crains de n'avoir pas été un bon prof et cela m'ennuie), j'ai séjourné dans cette ville où finit par arriver, non sans mal, Michel Strogoff, plus longtemps que dans aucune ville française, Paris mis à part. J'ai parcouru des milliers de kilomètres dans le Transsibérien, je suis allé deux fois me faire voir à Vladivostok, je suis allé au Kamtchatka parce que c'était un nom qui, dans mon enfance, voulait dire le bout du bout du monde (et c'est la seule chose peut-être qui n'ait pas changé depuis mon enfance), je suis allé à Khabarovsk pour voir le fleuve Amour, à Magadan sur la mer d'Okhotsk parce que c'était le « débarcadère de l'enfer » dont parle Chalamov, la porte de la terrible Kolyma. J'ai organisé des lectures, par des écrivains français, à Moscou, Pétersbourg et Ékaterinbourg. J'ai essayé, avec des succès variables, d'intéresser de nombreux auditoires, à Omsk, à Mourmansk, à Arkhangelsk-aux-clochers-d'or, je suis allé visiter la tombe de Kant à Kaliningrad, ex-Königsberg, et le cimetière d'Eylau, aujourd'hui Bagrationovsk, en souvenir du capitaine Hugo et du colonel Chabert. J'ai même passé deux semaines dans un bled du Grand Nord sibérien en compagnie d'un déterreur de mammouths (une occupation qui aurait plu à Éléonora, qui fit une carrière de paléontologue) et je suis allé, de là, au pôle Nord ou dans ses banlieues. Sous la tente d'une base dérivante, j'y ai lu *Les Misérables* et discuté tard dans la nuit (mais il n'y avait pas de nuit), faisant dégeler la vodka à la chaleur du poêle à kérosène, avec des océanologues et météorologues russes qui déployaient des tas d'instruments au-dessus et au-dessous de la banquise ; ils avaient choisi ces spécialités, m'avaient-ils dit, au temps de l'Union soviétique et du rideau de fer, parce que les masses d'air et d'eau, les vents et les courants ne connaissent pas de frontières et parcourent librement le monde. À l'époque, malheureusement, je ne connaissais l'existence ni de Schmidt ni de Vangengheim, j'aurais aimé en parler avec eux.

Je ne dis pas tout cela pour poser à l'explorateur (d'autres le font très bien) ni même me flatter d'une connaissance approfondie de la Russie. Mon niveau en langue russe reste lamentable, il aurait même plutôt baissé par rapport au temps de mes premiers voyages. Et j'ai plus parcouru cet immense pays, en surface, que je n'ai sondé ses profondeurs. J'égrène ces noms, cette géographie, seulement pour rendre manifeste la curieuse attirance que j'ai évoquée : tant de villes traversées, tant d'horizons contemplés, du *Primorié*, le rivage d'Extrême-Orient, à l'enclave prussienne de Kaliningrad, des bords de l'océan Glacial aux confins bouriates de la Mongolie : il faut bien que ces lieux, et l'histoire qui s'y inscrit, ou en a été effacée, aient pour moi quelque charme – fût-ce celui, paradoxal, que peuvent avoir certains lieux terribles.

Cela commence je crois par la perception, ou plutôt le sentiment, ou plus élémentairement encore le vertige de l'espace. La Russie, c'est le grand large sur terre, ai-je écrit dans un petit texte, où je cite aussi Tchékhov (« La mesure humaine ordinaire ne s'applique pas à la taïga. Seuls les oiseaux migrateurs savent où elle s'achève »). Pays au long cours. Dans mon tropisme russe il y a une part géographique, une attirance pour cette réalité non substantielle, invisible, qu'est l'espace. Puissance insaisissable et qui cependant marque secrètement les choses, dont j'essayais de donner une notion, au début de ce livre, en évoquant les paysages de plaine infinie qui avaient été ceux de l'enfance de Vangengheim. C'est une sensation à laquelle nous sommes peu habitués, nous autres habitants de la petite péninsule européenne, une grande longueur d'onde du monde que nous sommes mal équipés pour capter. C'est ce que dit Bounine dans *La Vie d'Arséniev* : « Je suis né et j'ai grandi dans un champ nu dont un Européen ne peut se faire aucune idée. Une vaste immensité m'environnait, sans bornes ni frontières » (je ne suis pas sûr que « vaste immensité » soit une traduction très heureuse). Et sans doute ces immensités font-elles d'autant plus sentir leur attraction sur l'Européen hérétique que je suis qu'elles étaient interdites lorsque j'étais jeune, et que rien ne permettait alors de prévoir que cette interdiction serait levée de mon vivant. C'est cela, cette curiosité incrédule, qui m'a poussé à aller voir à quoi ça ressemblait, là-bas, en 1986, quand les barrières commençaient à tomber. Les lieux, les choses, les êtres que je découvrais étaient ceux à quoi me donnait accès la chute du communisme. L'espace russe est inévitablement politique, l'histoire y croise, y trame sans cesse la géographie. Rien ne montre mieux ce tramage que la polysémie du nom de « Sibérie », à la fois géographique – ce continent de plaines, de collines, de marécages où fleurissent les iris, que traverse le Transsibérien – et historique, signifiant déportation, bagne, camp, souffrance, depuis la *Maison des morts* (ou la *Maison morte*) de Dostoïevski (« Tout au fond de la Sibérie... », ce sont les premiers mots du livre) jusqu'aux *Récits de la Kolyma* de Chalamov.

Il n'y a pas d'autre épopée des temps modernes (c'est-à-dire des temps déjà passés) que celle de la Révolution, et il n'y a que deux Révolutions universelles, la française et, au vingtième siècle, la russe. Les habitants du vingt et unième siècle oublieront sans doute l'espoir mondial que souleva la révolution d'Octobre 1917, il n'empêche que pour des dizaines de millions d'hommes et de femmes, génération après génération pendant un demi-siècle et sur tous les continents, le communisme fut la promesse extraordinairement présente, vibrante, émouvante, d'une fracture dans l'histoire de l'humanité, de temps nouveaux qu'on appelait de tas de noms niais, l'avenir radieux, les lendemains qui chantent, la jeunesse du monde, le pain et les roses – les noms étaient niais, mais l'espérance ne l'était pas, et moins encore le courage mis au service de cette espérance –, et que la Russie soviétique parut à ces foules-là le lieu où le grand bouleversement prenait son origine, la forteresse des damnés de la terre. Il est étonnant de constater à quelle vitesse s'effacent les grandes vagues qui, un temps, soulèvent l'histoire du monde. Le souvenir de cette ardente attente est presque perdu, mais pour des générations comme celle à laquelle j'appartiens, dont « la Révolution » a pu encore être l'horizon, de plus en plus brouillé à vrai dire, l'idéal répété peut-être comme une leçon mal apprise plutôt que retrempé au feu de l'expérience, il est impossible de ne pas voir sous le pays déprimant d'aujourd'hui l'ancien foyer de cette espérance mondiale, mais surtout la tombe immense où elle fut bientôt enterrée. « Qui dira ce que l'URSS a été pour nous ? » écrivait Gide, qui n'était certes pas un damné de la terre mais un de ces intellectuels, nombreux chez nous surtout, qui furent un moment contaminés par ce grand enthousiasme. « Plus qu'une patrie d'élection : un exemple, un guide. Ce que nous rêvions, que nous osions à peine espérer mais à quoi tendaient nos volontés, nos forces, avait eu lieu là-bas. Il était donc une terre où l'utopie était en passe de devenir réalité. » C'est écrit en 1936, et Gide était en train d'en revenir, de l'URSS, dans tous les sens du terme.

Ce « tropisme russe » n'est donc bien sûr pas une attraction purement géographique, une espèce d'aspiration par l'espace, car cet espace n'est pas seulement une étendue, il n'est pas seulement abstrait ou négatif, ligne de fuite, absence de limites (l'étant aussi) : il est peuplé par les fantômes de la plus grande espérance profane qui fut, et du massacre de cette espérance, la Révolution et la mort sinistre de la Révolution. Quand je parle de Révolution, je ne parle pas de ce qu'elle fut vraiment, du coup d'État bolchévik d'octobre, des personnalités plus ou moins médiocres ou paranoïaques qui en furent les protagonistes, de la méfiance pour la pensée libre et de la férocité qu'elle manifesta d'entrée ; je parle de ce qu'elle fut dans les rêves de millions d'hommes, le monde changeant de base, la société sans classes, « l'utopie en passe de devenir réalité ». Une part essentielle de l'histoire du vingtième siècle s'est jouée dans ces lieux, et pas seulement du vingtième siècle, car nous avons toujours en héritage, aujourd'hui, même sans le savoir, le désespoir né de cette mort. C'est pourquoi ce récit, selon moi, ne parle pas du Monomotapa. L'histoire du météorologue, celle de tous les innocents exécutés au fond d'une fosse, sont une part de notre histoire dans la mesure où ce qui est massacré avec eux c'est une espérance que nous (nos parents, ceux qui nous ont précédés) avons partagée, une utopie dont nous avons cru, un moment au moins, qu'elle « était en passe de devenir réalité ». Et l'ignominie est si grande qu'elle est massacrée sans retour. Après cela, il y a bien encore des révolutions, ce sont des luttes de libération nationale, des putschs militaires, des émeutes triomphantes, des coups de théâtre, des débarquements réussis, mais plus jamais, en dépit de leurs efforts pour se donner l'apparence d'un message universel (la Chine, Cuba), elles ne parviendront à parler au monde entier, *urbi et orbi*.

L'ignominie est si grande : ces centaines de milliers de morts, dans les forêts de la nuit, comme aurait dit William Blake, dans des caves avec une rigole ou un plan incliné pour que le sang s'écoule, comme l'eau d'une douche, ou encore une toile goudronnée qu'on passe au jet, dans des carrières, des ravins, des camps militaires, des camions, ces milliers de squelettes qu'une excavatrice soudain exhume au bord d'une autoroute, d'une piste d'aéroport, qu'une crue dégage de la berge d'un fleuve. Certains de ces morts, comme le météorologue, on sait à présent, des dizaines d'années après qu'ils ont été assassinés, dans quelle fosse ils reposent, on peut aller poser une photo d'eux avec des fleurs artificielles sur l'emplacement de leur supplice, mais l'immense terre russe, *zemlia*, enferme encore des centaines de milliers de cadavres en des lieux qu'on ne connaîtra peut-être jamais. L'espace russe, c'est aussi cela, en fin de compte : l'espace de ces morts innombrables.

L'ignominie est si grande : ces regards difficiles à soutenir, fixés sur la pellicule afin que les bourreaux soient assurés d'exécuter la « bonne » personne – il y en avait tant, des condamnés, on pouvait se tromper, mélanger les fiches, c'est humain –, et que restitue l'admirable livre de Tomasz Kizny, *La Grande Terreur en URSS, 1937-1938*. Regard désespéré d'Alexandra Ivanovna Tchoubar, exécutée le vingt-huit août 1938. Regards impavides d'Andreï Vassiliévitch Dorodnov, sauveteur en mer, exécuté le vingt juin 1937, de Sémion Nikolaïévitch Kretchkov, prêtre, exécuté le vingt-cinq novembre 1937, regard d'incompréhension d'Alexandre Ivanovitch Dogadov, dont la mimique, bouche froncée, semble dire non, ce n'est pas possible, vous exagérez, et qui sera exécuté le vingt-six octobre 1937, regard de pur effroi, yeux écarquillés d'Alexeï Grigoriévitch Jeltikov, serrurier, exécuté le premier novembre 1937, d'Ivan Filipovitch Volkov, ouvrier dans une tourbière, exécuté le quinze décembre 1937, regards d'infinie tristesse de Gavril Sergueïévitch Bogdanov, pelleteur, exécuté le vingt août 1937, d'Ivan Iégorovitch Akimov, gardien dans un combinat, exécuté le vingt-six février 1938, regard accablé de Marfa Ilinitchna Riazantseva, au visage fripé comme une vieille pomme, exécutée à l'âge de soixante et onze ans le onze octobre 1937, regards incrédules d'Alexeï Ivanovitch Zakliakov, garçon de ferme de vingt-deux ans, exécuté le vingt août 1937, de Klavdia Nikolaïevna Artémieva, coiffeuse, exécutée le vingt-neuf décembre 1937, d'Ivan Alexeïévitch Belokachkine, sans domicile fixe, exécuté le quatorze mars 1938 à l'âge de dix-sept ans, d'Ivan Mikhaïlovitch Chalaïev, charpentier – la tête inclinée, les yeux plissés, il a l'air de prêter l'oreille –, regard ironique de Guermoguen Makarévitch Orlov, étudiant de dix-neuf ans, exécuté le vingt-cinq janvier 1938, regards de défi d'Alexandre Kouzmitch Lachkov, exécuté le dix janvier 1938, de Boris Iakovlévitch Masloboïchtchikov, infirmier, exécuté le vingt et un novembre 1937, de Gleb Vassiliévitch Alexeïev, écrivain, exécuté le premier septembre 1938, regard de mépris de Mikhaïl Ivanovitch Alatyrtsev, comptable de l'Association des inventeurs des chemins de fer de Iaroslavl, exécuté le vingt-huit mai 1938 : visage levé, à demi mangé par l'ombre, le crâne enveloppé de bandages, l'œil baissé vers l'objectif, hautain, souverain dans le malheur. Et de même que les corps nus entassés dans la benne d'un camion sont une image concrète de la fraternité créée par la Révolution devenue Terreur, de même ces noms, ces visages de serrurier, de gardien, de vieille *babouchka*, d'enfant des rues, de charpentier, de prêtre, de coiffeuse, d'étudiant, d'infirmier, d'écrivain, de garçon de ferme, composent la figure innombrable d'un peuple concret, très concrètement martyrisé au nom de l'abstraction d'un peuple maître.

Et l'histoire de tous ces regards assassinés est notre histoire dans un autre sens encore : c'est que nous nous en sommes désintéressés (nos parents, ceux qui nous ont précédés). « Les convois se suivaient dans les forêts d'Onéga », écrit Julius Margolin. « En douce France ou en Amérique du Sud, des poètes prolétariens composaient des chants pleins d'émotion sur le pays des Soviets. » On ne va pas instruire ici le procès de ceux qui chez nous ont préféré ignorer les grands cimetières sous la lune soviétiques, on ne va pas rappeler les affaires Kravchenko et David Rousset, etc. Il est facile de se faire le justicier du passé, et d'ailleurs l'histoire de cet aveuglement est connue de ceux qui veulent bien se donner la peine de se renseigner. Pour autant cet aveuglement, ou cette indifférence, ne doit pas être pris à la légère. Ils ne sont pas des péripéties. Voici comment Julius Margolin conclut son *Voyage au pays des ze-ka*, un des grands témoignages (et littérairement magnifique) pour servir à l'histoire du vingtième siècle : « Le comportement envers le problème des camps soviétiques devient la pierre de touche de mon évaluation de l'honnêteté de l'individu. Dans la même mesure que son comportement vis-à-vis de l'antisémitisme. » La même mesure : c'est ce que dit aussi Vassili Grossman – auteur juif comme Margolin, faut-il le rappeler ? – quand il imagine, dans *Vie et destin*, un dialogue entre un chef de camp nazi et un commissaire politique détenu : « Ici, chez nous, vous êtes chez vous », dit l'intellectuel nazi à l'intellectuel soviétique. « Si c'est vous qui gagnez, nous périrons, mais nous continuerons à vivre dans votre victoire. »

Pourtant, le philosoviétisme intellectuel a eu la vie dure, puisque Sartre, par exemple, en 1964 (vingt ans après avoir rompu avec Koestler pour *Le Zéro et l'infini*, et l'année où Grossman meurt à Moscou, seul, rejeté, banni de tous les cercles intellectuels, dépossédé de son grand livre dont le KGB a « arrêté » le manuscrit), explique encore pour justifier son refus du prix Nobel que « ses sympathies vont indéniablement à ce qu'on appelle le bloc de l'Est », et qu'« il est regrettable qu'on ait donné le prix à Pasternak avant de le donner à Cholokhov, et que la seule œuvre soviétique couronnée soit une œuvre éditée à l'étranger et interdite dans son pays ». Phrase ahurissante, puisqu'elle semble dire (puisqu'elle dit) qu'il faut porter au déshonneur de Pasternak d'être interdit en URSS. Mais passons (Sartre sera entendu, et Cholokhov aura le Nobel dès l'année suivante). Plus intéressante peut-être que les règlements de comptes avec des fantômes est cette considération : l'histoire atroce de ce que fut le « socialisme réel » continue à être largement ignorée chez nous, et ainsi c'est tout un pan énorme du siècle dont nous venons, que nous avons coutume de dire terrible, qui nous échappe. La moitié de la terreur de ce siècle terrible, la moitié de la nuit de ce siècle nocturne. Il y a dans *Voyage au pays des ze-ka* un dialogue entre un ingénieur soviétique et le détenu Margolin. « Aujourd'hui, dit ce dernier, je sais exactement ce que j'éprouve en face de l'Union soviétique : c'est la peur. Avant d'arriver dans ce pays, je n'avais jamais eu peur des hommes. Mais l'URSS m'a appris à avoir peur de l'homme. » Phrase à quoi fait écho une autre, de Nadiejda Mandelstam : « De tout ce que nous avons connu, le plus fondamental et le plus fort, c'est la peur [...] La peur a brouillé tout ce qui fait d'ordinaire une vie humaine. » Cette peur immense, diversement reflétée, subie, affrontée, dépassée, dans des centaines de milliers de regards, nous ne nous en sommes guère souciés. Nous nous alarmons aujourd'hui à bon droit des risques de voir de l'inhumain reparaître en Russie, mais nos alarmes seraient plus crédibles si nous avions prêté attention à ce qui dans l'histoire de ce pays fut humain, et cette humanité fut d'abord celle des victimes.

ÉPILOGUE

J'aurais pu rencontrer Éléonora, la fille du météorologue, la destinataire des dessins et des herbiers. Il s'en est fallu d'une année. Elle était devenue paléontologue, spécialiste des vertébrés. Elle travaillait au laboratoire de stratigraphie de la période quaternaire à l'Institut géologique auprès de l'Académie des sciences. Elle ne s'était pas mariée, n'avait jamais fêté son anniversaire, interdisait qu'on évoque cette date. Elle était une bonne pianiste, fumait deux paquets de cigarettes par jour (aucun rapport entre les deux faits). Elle se rendait chaque année à la cérémonie de la Mémoire à Sandarmokh.

Le vingt-huit décembre 2011, il y eut une petite fête au labo en anticipation du Nouvel An. Éléonora y prit part, et demanda à pouvoir travailler pendant les jours de vacances qui suivaient. Le quatre janvier, elle téléphona à une collègue pour souhaiter l'anniversaire de son fils. Ce jour-là et les suivants, cinq, six et huit janvier, elle se rendit au labo, où elle se trouva seule. Le sept, elle promit de passer la semaine d'après au siège de Mémorial. Le huit était le jour anniversaire de l'arrestation de son père. Je n'en infère aucune conclusion, mais je dois le faire remarquer comme on me l'a fait remarquer. Le neuf, dernier jour des vacances de Nouvel An, à treize heures vingt-quatre, elle appela sur son téléphone portable une de ses collaboratrices et lui demanda si elle serait le lendemain au travail. « Au cas où je ne viendrais pas, lui dit Éléonora, je t'ai laissé un petit paquet. » Moins d'une heure après cet appel, son corps fut découvert au pied de l'immeuble où elle habitait, 12 Mitchourinski prospekt, au neuvième étage.

Le lendemain, on trouva dans le paquet, au labo, toutes les instructions concernant son incinération et le lieu où déposer l'urne. Elle interdit formellement d'organiser un repas funèbre. Pendant les jours fériés, elle avait rangé son bureau et mis à part les livres qui devaient être rendus à la bibliothèque. Ainsi finit, soixante-quatorze ans après sa mort, l'histoire du météorologue.

Remerciements

Je n'aurais pu écrire ce livre sans l'aide d'Irina Flighé et de Iouri Dmitriev, de l'association Mémorial : je tiens à les en remercier, comme mon ami Valéry Kislov, qui m'a aidé à traduire les nombreux documents issus des archives du NKVD, et Vassili Potapov, météorologue lui-même, qui les a collectés et recopiés à la main.

Je remercie également Svétlana Dolgova et Emmanuel Durand, des Éditions Paulsen Russie, et enfin Varvara Voïetskova, pour la bonne humeur qu'elle a entretenue pendant les longs jours de travail à Moscou.

Même si j'ai tenu à être aussi précis et exact que possible, ce livre n'est pas un ouvrage savant. Je n'ai donc pas systématiquement cité les historiens sur lesquels je m'appuyais, mais il est évident que, pour tout ce qui concerne le cadre général de la Grande Terreur, je suis redevable aux travaux d'Anne Applebaum, de Robert Conquest, et particulièrement (s'agissant de l'ordre opérationnel n° 00447 du NKVD) de Nicolas Werth.

DU MÊME AUTEUR

Phénomène futur
Seuil, 1983
et « Points », n° P581

Bar des flots noirs
Seuil, 1987
et « Points », n° P697

En Russie
Quai Voltaire, 1987
et « Points », n° P327

L'Invention du monde
Seuil, 1993
et « Points », n° P12

Port-Soudan
prix Femina
Seuil, 1994
et « Points », n° P200

Mon galurin gris
Petites géographies
Seuil, 1997

Méroé
Seuil, 1998
et « Points », n° P696

Paysages originels
Seuil, 1999
et « Points », n° P1023

La Langue
Verdier, 2000

Tigre en papier
prix France-Culture 2003
Seuil, 2002
et « Points », n° P1113

Suite à l'hôtel Crystal
Seuil, 2004
et « Points », n° P1430

Un chasseur de lions
Seuil, 2008
et « Points », n° P2233

Rooms
Olivier Rolin & Cie
Seuil, 2006

Bakou, derniers jours
Seuil, 2010
et « Points », n° P2571

Sibérie
Inculte, 2011

Bric et broc
Verdier, 2011

Circus
Romans, récits, articles
Vol. 1 : 1980-1998
Vol. 2 : 1999-2011
Seuil, 2011-2012

EN COLLABORATION

La Havane
Quai Voltaire, 1989

Voyage à l'Est
Balland, 1990

Une invitation au voyage
Bibliothèque nationale de France, 2006

RÉALISATION : NORD COMPO MULTIMÉDIA À VILLENEUVE-D'ASCQ
IMPRESSION : CPI BRODARD ET TAUPIN À LA FLÈCHE
DÉPÔT LÉGAL : OCTOBRE 2015. N° 128597 (3012128)
IMPRIMÉ EN FRANCE

HERBIERS ARITHMÉTIQUES

« Une de mes connaissances a fait ici, pour que sa fille apprenne à compter,
un herbier en feuilles, 1 puis 2, puis 3, puis 4 feuilles… »
(Pavel Florenski, lettre du 3 juillet 1935)

HERBIERS ARITHMÉTIQUES

HERBIERS GÉOMÉTRIQUES

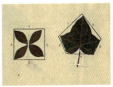

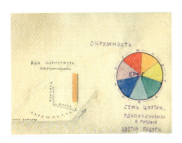

Pentagone, carré, cercle, ellipse, spirale, triangle, symétrie, dissymétrie.

HERBIERS GÉOMÉTRIQUES

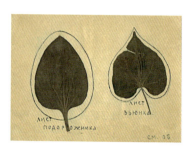

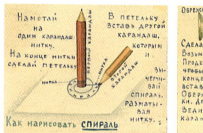

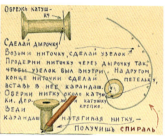

HERBIERS GÉOMÉTRIQUES

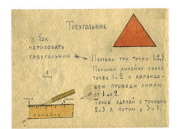

BAIES

« Je lui envoie le dessin d'une baie qu'on trouve ici.
Je pense lui faire une collection de fleurs et de baies » (lettre du 20 juillet 1935)

ANIMAUX

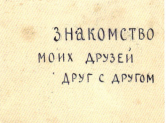

« Rencontre de mes amis. »

« Cela peut paraître étrange, mais ce petit être gris apaise ma tristesse »
(lettre du 20 septembre 1935)

« J'ai trouvé du temps pour dessiner un renne pour Élia »
(lettre du 17 décembre 1936)

DEVINETTES

« Deux frères vivent de part et d'autre d'un chemin/Sans se voir »

« Soixante-dix manteaux/ Et pas un bouton »

« Sans fenêtre, sans porte/ Une maison pleine de monde »

« Assises dans la cuiller/ Jambes à l'air »

« Près d'un trou/ Des colombes blanches »

DEVINETTES

« Mère et fille/Mère et fille/Grand-mère et petite-fille/Combien sont-elles en tout ? »

« Une fille en prison/Sa natte est dehors »

« Nez en acier/Queue en lin »

« Une maison de quelques centimètres/Des sœurs y vivent/Devine comment elles s'appellent »

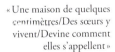  

DEVINETTES

LES PLANTES ET LE CLIMAT

« Les "langes" du trèfle rouge »

« Le trèfle se pelotonne pour la nuit »

LES PLANTES ET LE CLIMAT

« La pelisse des plantes »

LES PLANTES ET LE CLIMAT

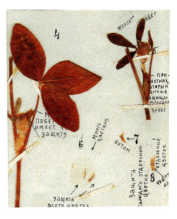

Trèfle blanc, saule, peuplier argenté, trèfle rouge…

PHÉNOMÈNES NATURELS

« J'ai fait une dizaine de conférences sur les aurores boréales. J'en ai vu plusieurs, le plus souvent ce sont des arcs, mais une fois j'ai vu une draperie de rayons verts miroitant dans le ciel et ondulant comme sous l'effet du vent »
(lettre du 22 mars 1936)

LETTRES

« Est-ce que tu as reçu les nids
de bouvreuil et de *varakoucha* ? »
(dernière lettre, du 19 septembre 1937)

LETTRES

« Est-ce que tu as eu ton deuxième renard bleu ? »
(dernière lettre, du 19 septembre 1937)